纱窗日落渐黄昏，金屋无人见泪痕。

寂寞空庭春欲晚，梨花满地不开门。

渭城朝雨浥轻尘，客舍青青柳色新。
劝君更尽一杯酒，西出阳关无故人。

人闲桂花落，夜静春山空。

月出惊山鸟，时鸣春涧中。

木末芙蓉花，山中发红萼。
涧户寂无人，纷纷开且落。

国破山河在，城春草木深。
感时花溅泪，恨别鸟惊心。

目录

第一章

花间明月——情怀

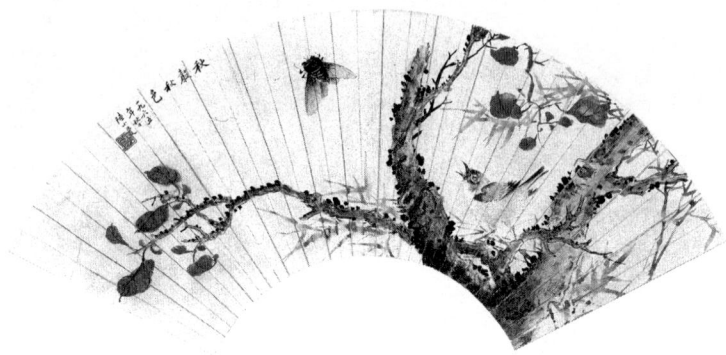

独有南山桂花发，飞来飞去袭人裾
——繁华中的写意

长安古意

卢照邻

寂寂寥寥扬子居，年年岁岁一床书。

独有南山桂花发，飞来飞去袭人裾。

　　跻身不了繁华，空留落寞的背影，在千年后成为一片写意：满床的书香透过时光的缝隙，体贴着日夜孤独的思考者，仍有桂花香暗盈袖。我，是纯粹的书生，天地洪荒，于无涯的岁月中掩卷太息，卓然独立。

　　这样的写意，在精心至极的繁复工笔之后脱颖而出。不禁疑惑卢照邻有意为之，以几笔疏淡来对抗初唐宫廷中主流文学的典雅富丽和轻艳绮媚。而对抗的本源，是铺排的工笔没有得到主流的认可。

也曾是白衣飘飘，来自唐代五门望族中的"范阳卢"，少年时代师从一方大家曹宪、王义方习经史，直到受到邓王的爱重。邓王将他比之司马相如。

也曾希望像司马相如一样，客游梁园，结交天下最才；家贫无业，琴挑佳人；卖车结庐，反获家财；一赋动帝王，招封至京城；出使西南，不辱使命；荣光归来，去官闲居；长门求赋，一赋千金，那样万古流芳的传奇。

所以，起初的他像宫廷中的文臣一样，作着皇帝最喜欢的诗：吟咏自己安享富贵的闲情逸致，那份小资的自足之情，抑或通过描绘帝居王城的宏丽繁盛来讴歌太平。满纸的六朝遗风，更有一些艳情，甚至色情。

然而，终于没能冉冉而升。房玄龄、杜如晦、姚思廉、薛收、褚亮、陆德明、孔颖达、虞世南、颜相时、许敬宗……一个个名字如今读来，眼前就是气宇轩昂、清平开阔的贞观。他没能获得弘文馆这些学士的身份，瀛洲在水一方，此生去不了的地方。

许是宿命。这宿命的阴影还笼罩在与他齐名的三人身上：王勃、杨炯、骆宾王。当吏部侍郎李敬宗将四人推荐给典选大员裴行俭时，裴行俭给四人算了一命："炯颇沉默，可至令长，余皆不得其死！"杨炯的仕途果然止步于盈川县令；二十八岁的王勃因戏为《檄英王鸡》文，被高宗怒逐出府，几年后南下探亲，渡海溺水，惊悸而死；骆宾王则做了讨伐武则天的徐敬业的秘书，撰写了那篇著名的《讨武曌檄》，后兵败身亡，也有他最终出家的传说。

预言一一应验。

　　不管卢照邻相不相信自己的命运正向着裴行俭的预言行进，他在长安和洛阳两座都城中就开始郁郁寡欢。他时运已去。爱重他的邓王英年早逝，卢照邻去了益州新都做县尉，任满后漫游蜀中，这时候，他的风疾日益加重。当被迫远离宫廷、蹭蹬下僚时，他才发现主流文学的娇情。处江湖之远，在野者的直率、激烈、愤懑足以抵抗庙堂之上的悠闲、富贵、淡雅。因为未曾跻身，反思才想得更清楚；因为远离，回望时才看得更真切。

　　他以身外身回顾这场盛世繁华。

　　一时香车宝马，川流不息。玉辇纵横，金鞭络绎，龙衔宝盖，凤吐流苏，更有游丝绕树，娇鸟啼花，碧树银台，合欢窗棂，一派长安城中豪门贵族争竞豪奢、追逐享乐的景象。

　　一时豪门中豢养的歌儿舞女行云著蝉鬓，初月上鸦黄，含娇含态。而这些女子也曾有对爱的憧憬：得成比目何辞死，愿作鸳鸯不羡仙。

　　至于御史府中和廷尉门前，直是朱城玉道，翠幰金堤。莫道杜陵北、渭桥西，侠客芙蓉剑，抑或娼家桃李蹊。紫罗裙，清歌啭，人如月，骑似云。北里三市中，尽是弱柳青槐、佳气红尘，罗襦宝带解，燕歌赵舞忙。

　　然而，再怎样的争构纤微、竞为雕刻，再怎样的糅之金玉龙凤、乱之朱紫青黄，影带以徇其功、假对以称其美，都是身外身的冷眼旁观；唯一不忘的是以市井的放纵改造宫廷的堕落，以大胆代替羞怯、以自由代替局促的使命，大开大阖，坐看红尘。

　　而后，才有这几句抽离繁华之外的惊警：

　　　　节物风光不相待，桑田碧海须臾改。

昔时金阶白玉堂，即今唯见青松在。

寂寂寥寥扬子居，年年岁岁一床书。

独有南山桂花发，飞来飞去袭人裾。

最明亮时总是最迷惘，最繁华时总是最悲凉，只因预见万物将在沧海桑田中老去，满堂金玉，最终冢前青青草木。对于卢照邻而言，唯有独坐小楼成一统，忧患而作、发愤著书，才能摆脱以道自任的人生抱负和经世致用的政治情怀破灭后的寂寥。年年岁岁花相似，岁岁年年人亦同。前有西汉扬雄独坐子云居，如今卢照邻也在满床书中任思想逡巡。

扬雄说："知玄知默，守道之极；爱清爱静，游神之庭；惟寂惟寞，守德之宅。"守道之人追求的是谦退静默，不求闻达；超然于物外，才能游于神庭；唯有甘于寂寞的人，方可留存一分高尚。

那份繁华，无缘得触。仕宦的失意换取了诗歌史上的成就，屏蔽了初唐宫廷的靡靡之音，呼唤着盛唐高扬之音的到来。是失是得，几十年后，一位伟大的诗人在读罢"初唐四杰"的诗歌后长叹："尔曹身与名俱灭，不废江河万古流！"千年后，另一位伟大的诗人、学者、民主战士在昆明西南联大的课堂上赞美了这首《长安古意》："这癫狂中有战栗，堕落中有灵性……如今这是什么气魄！对于时人那虚弱的感情，这真有起死回生的力量！"

《长安古意》，仿佛就是为了杜甫和闻一多而作。卢照邻足以释怀，在时间无涯的荒野里，重要的不是早一步或晚一步，而是终于有人向你走来。异代不同时，才是最难得的相遇。

他的写意，终有人识。仍有桂花飞来飞去，点破千年的寂寥。

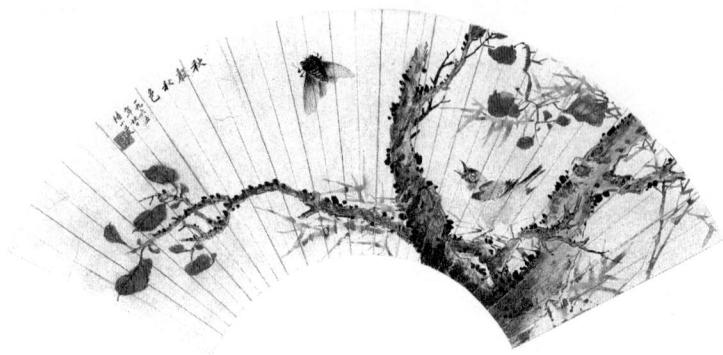

草木有本心，何求美人折
——我自有的骄矜

感　遇

张九龄

兰叶春葳蕤，桂华秋皎洁。

欣欣此生意，自尔为佳节。

谁知林栖者，闻风坐相悦。

草木有本心，何求美人折？

　　许久之前，听过一个说法：好的咖啡要装在热杯子里。因为温度对咖啡口感的影响很大，温热的杯子，不仅是保持温度稳定的必要，亦是对好咖啡本身的尊重。我深以为然。

　　中国文化一向讲究心性平和，人与万物皆有灵性，只有柔软祥和的内心才能体察到那些微蕴的存在。一花一世界，一木一浮生，我相信日光之下的万千事物，都有各自的灵性，即便是再邈遢随性的人，也会有自己特有的矜持。

我们容易遇见的，多是将骄傲披在身上四处展示的人，以孔雀开屏的姿态，端着华而不实的架子抬腿迈步。他们的自尊仿佛一袭华丽的锦袍，你若触碰，他会恼怒，但若撕开那件袍子，你便会发现袍子下腐朽的里衬。而真正令人愉悦的，是那种谦和有礼雅量温和的人，他们从不有意彰显自身，但举手投足都沉稳自信，他们目光纯静地倾听你的意见，或是娓娓道来他的缘由，或是对你的做法轻轻地颔首称许，有你所欣赏的从容气度；他们有接纳任何指责和批判的度量，却也有不为外物所动的坚定内心。

举世誉而不骄妄，举世毁而不自贬。张九龄，正是这样。

张九龄，字子寿。他才思敏捷，谨守慎独，中正儒雅，奈何体弱，虽寿不寿，享年六十三岁。

关于他的出身，还有一段小小的传说：其母怀他已十月有余却仍未分娩，一日，有一老医者途经他家，见他家瑞气环绕便去相询。家人如实相告，老先生胡子一摸，双目微合道："腹中胎儿非凡物，此屋不容换大屋。"于是举家迁往韶州，乃生。日后此子果真聪慧，七岁能文，是远近闻名的神童。

石榴花红了又谢，枇杷子结了又落，转眼间，子寿长成了温润如玉的翩翩君子。当年街坊邻里间嬉闹的小孩童成了笑容温和目光坚定的曲江雅士。三十岁的时候，他终于不再承欢于双亲膝下，而是端立于天子面前，成了整个帝国权力中心的一员。

这年子寿五十五岁，接替了他上司张说的职位，成了一人之下的朝廷重臣。刚开始李林甫以为他守古克制是迂腐呆板的穷酸书生，可以施以恩惠或威压将他变成自己的傀儡，后来发现实则不然。子寿温温淡淡的微笑下，有着耿直的性子和一往无前的忠心。所以，当李林甫意识到事情开始超出掌控的时候，他找来了被后人誉为"大唐第一妖僧"的牛仙客。牛仙客上阿帝王下乱朝纲，而子寿的谏言则自然是日益刚正激烈，时间一久，终究触到了玄宗的霉头。那时的玄宗刚刚得到杨玉环，还在"云想衣裳花想容，春风拂槛露华浓。若非群玉山头见，会向瑶台月下逢"里沉醉不已，对于先前的政绩也颇为满意，慢慢地也没有像往前那样励精图治勤于朝政了，加之李林甫和牛仙客的精心设计，于是子寿顺理成章地在周子谅一事中因受牵连而被贬官去了荆州。

古人都说伴君如伴虎，即便是被誉为"开元三明相"之一的子寿，也免不了与君主离心被弃的命运。心明如子寿怎会不懂这个道理？于是听到这个旨意的他只是微微愣了愣神，仔细地卸下头上的官帽，恭敬郑重地给君主行了礼，然后挺直脊梁步履从容地离开了朝堂。举朝一片静默，没有任何人觉得窃喜，因为众人都感受到了其中重重的交托之情和望君珍重的惜别之意。而玄宗看了看他专为他的宠臣设立的笏囊，又看了看子寿翩然远去的背影，略带歉意地叹了一声"惜不复见曲江风度矣"，便郁郁地散了朝。

这样一个洁净到骨子里，闲看落花静听流水的人，终于离开了君臣大义的樊笼，归返天地。他怎会不知，人生不如意十之八九，进退只在一念间。

子寿被贬荆州长史后，朝堂愈加混乱，然而他也无力回天。身在何位便谋何事，他一向克己，这个道理自是明了。更何况这时的他五十九岁，老态已现，加之他一生在各方都有登峰造极的成就，所以对于他所钟情的朝堂君主虽心有挂念，却并无不甘。他仍旧关注朝堂动向，依旧为君主的错爱而叹惋，却只是默默地关注和遥远地叹息而已。荆州的山花烂漫、云淡风轻，像一只温柔的手，轻轻地拨动时间的弦，慢慢地抚平了他心中隐秘的疼痛。

忽有一日，见春光大好，子寿又如往常般上了山。他一路缓缓地走，看着春日的阳光透过树枝的缝隙洒落在地面，光影随风浮动，看得人目眩神迷。蓦地惊觉不知何时起已经身处在一片兰桂馨香之中，浓香馥郁，他顺着香味往上走去，越行越偏，来到一块空地。兰泽馨香，枝叶葱郁，金桂灿灿，满地洁白。在这凉爽的秋里，它们静静地绽放在无人的深山，那种欣欣向荣的生之朝气，那种"芳树无人花自落，春山一路鸟空啼"的自矜给小九深深的震撼，无言的感动，温柔的抚慰。

你可见过溪流边的芦草在深秋随风起舞的美丽身姿？你可见过严寒冰原上凌霜傲雪的雪莲？你可见过空谷幽兰古刹桃花？你可见过参天古木翠湖叠泉？世间珍贵的美景都绽放在无人打扰的幽静之处，为心怀感恩的行者准备那一场场终生不忘的美丽邂逅。

有灵气的事物遵从自己的本愿，就像名贵的雪莲生长在天山之上；一如"人间四月芳菲尽，山寺桃花始盛开"。顺应自然，遵守本心，不为外物所扰，不为红尘凡事所欺，便是"欣欣此生意，自尔为佳节"。一朵花，一粒沙，各有时节，各有世界，你在其中或者不在其中都不重要。

人生不过数十载，老朽已近蜡烛头。到了这个时候，忧国忧民已经没有多大意义了。穷则独善其身，达则兼济天下。怀才不遇怎样，壮志未酬如何，他心中自有沟壑，腹中锦绣烟霞，是不需要证明也会让人仰望的分量。是时候放下那些纷扰，回归自己的本心了。

纵观子寿的诗文，你会发现，所有诗作全是五言，所有题材罕有儿女情长类别，且古体诗和排律诗看起来也无差别（排律是所有诗作中形式最严整的，古体诗则是自由奔放的）。由此你看，他是个多么克己的人。他没有"白日放歌须纵酒"的狂放，没有"曾经沧海难为水"的深情，没有"偷得浮生半日闲"的俏皮，也没有"杜鹃啼血猿哀鸣"的悲怆。子寿这个七岁便有神童之称的开元名相，从始至终都保持了一种清贵之气，恬淡持重，不温不火，不咸不淡。

儿时的神童虽是盛赞却也是负担，他必须不断地进步才能保持在众人眼中的地位，当然兴许他从来就不曾在意过那些，但是他有父母，有其他的他所爱的人。当他们的期望变成你的期望，当那些期望变成负担，除了日益沉默的承载，除了坚定缓慢的拔节，还有什么能说能做？

后来当官，身为宰相的他更加持重，在朝堂上谨言慎行是生存的基本原则。生性俊雅温和的他，不同于其他两名宰相一个脾气火辣一个心机深重，他则以耿直著称。所有人都在背后看着，他亦与所有人交好，却和所有人保持距离。那种礼貌矜持的距离感，有种淡淡的拒人千里的冷漠，别人不懂得，可我懂。所以说到底，我总是心疼他的。所以当我看到这首诗的时候，我发自肺腑地为他感到轻松和欣喜。不那样平稳内敛的他显得更加的真实，老来时候显露出的一溜狂气不是美人迟暮，而像是对旧时光迟到的补偿。

你可记得七岁那年的春天，小神童随家人游宝林寺？那个率真无拘的孩童正玩得津津有味，忽报太守驾到。他把在寺外摘的桃花藏在袖中，神态自若地观察太守上香。太守见小家伙天真可爱灵慧非常，便去逗他："莫非你是想吃供果？你若答得上我出的对子，你便食去。"他信口答"好"，浑不在意。太守于是出上联：白面书生袖里暗藏桃花。他随口接道：黄堂太守胸中明察秋毫。太守心中满意，却有意考他，遂又出一联：一位童子，攀龙攀凤攀丹桂。他抬头看见三尊大佛，便应道：三尊大佛，坐狮坐象坐莲花。太守还在惊叹，他已开心地拿了供果往回走，出来后却被一和尚误以为他偷吃供果。他说是太守给的，和尚自是不信："凭什么太守要给你？"他便说了原委，又细细将对子道来，只是说到最后一个对子的时候，眼睛一转，淘气地说："我的下联是：满寺和尚，偷猪偷狗偷青菜！"然后兀自"咯咯"笑着点头，也不管和尚要去找太守讨说法，便开开心心地跑开了。

彼时的他，童言无忌，灵透狡黠，笑得肆无忌惮。时光渐渐将他洗濯成如玉君子，那般的温和圆润。可是彼时少年自有的清贵和骄傲，始终没有叛离过他的心。

一指轻触水面，打乱弱水三千，回忆碎成漫天彩蝶，翩跹又翩跹。最终，只剩那一双孩童的眼，灿若晨星，笑意盈盈，滴溜溜地转了一圈，便勾出了他无数个狡黠的小主意，便逗起你十二分的爱怜。

带着两分矜持、两分淘气、五分了然和最后的一分淡漠，子寿挥毫泼墨，写下了这传世流芳的最后一句——草木本有心，何求美人折？

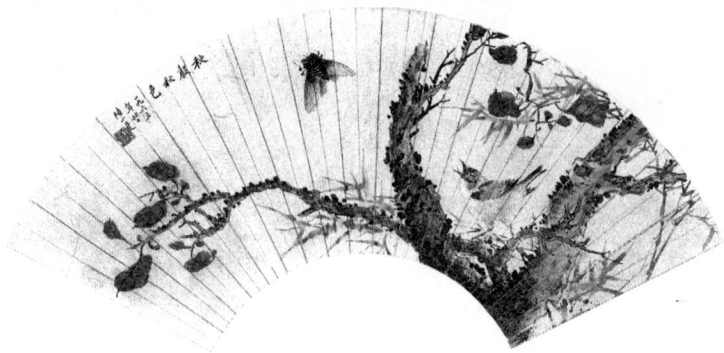

多情只有春庭月，犹为离人照落花
——花与月的距离

寄 人

张泌

别梦依依到谢家，小廊回合曲阑斜。

多情只有春庭月，犹为离人照落花。

关于张泌的爱情，《古今词话》这样记载："泌少与邻女浣衣善，经年夜必梦之，女别字，泌寄以诗云云，浣衣流泪而已。"联系这首《寄人》，无非一段烂俗的爱情故事。年少懵懂，像西施一样的浣纱女，赶考，功名，归来人已出嫁，人虽去，情还在，夜夜除非好梦留人睡，梦游到你家，回顾西廊，抚遍阑干，寂无人处犹有当时笑语。梦醒时，往事成空，春庭花正落，明月来相照。人在何处，知向谁边？彼此或通音信一番无？

这样理解，不是没有证据，张泌的词中透露出些许消息：

碧阑干外小中庭，雨初晴，晓莺声。飞絮落花，时节近清明。睡起卷帘无一事，匀面了，没心情。（《江城子》）

浣花溪上见卿卿，脸波秋水明，黛眉轻。绿云高绾，金簇小蜻蜓。好是问他来得么？和笑道，莫多情。（《江城子》）

晚逐香车入凤城，东风斜揭绣帘轻，慢回娇眼笑盈盈。消息未通何计是？便须佯醉且随行，依稀闻道太狂生。（《浣溪沙》）

碧阑干外小中庭，飞絮落花，浣花溪上，消息未通，便须佯醉，这便是世间小儿女的旖旎春光，而浣花溪上的情爱随着薛涛的渲染，你方唱罢我登场，愈演愈浓。后来，该忘的总会忘，张泌开始他颇为曲折的仕宦生涯，起初担任过江苏句容县尉，南唐后主李煜又任他为监察御史，历任考功员外郎、中书舍人。南唐亡国后，张泌又随李煜投降北宋，升迁为郎中。传说李煜死后每年的寒食节，张泌都要到坟前祭奠，思今日，想从前，空对着眼前事，此恨绵绵。由此可知，这样深情的张泌，绝对能够演绎出这样的浣花溪之恋！

不过，重要的不是张泌的八卦，而是他的诗将花与月的关系再一次拉近了。

在唐诗中，花与月走在一起，源于张若虚。张若虚奉献出一场暴风骤雨后宁静的夜，春江潮水和海上明月是珠联璧合的一对：

春江潮水连海平，海上明月共潮生。

……

江畔何人初见月，江月何年初照人？

人生代代无穷已，江月年年望相似。

不知江月待何人，但见长江送流水。

　　无法追寻的初始，无法探求的过往，循环往复的当下，永远持续的未来，在此夜弥漫成永恒，时间永在，我们在飞逝。只是这首《春江花月夜》读到最后，你才会发现，有关花的诗句只有一句：江流宛转绕芳甸，月照花林皆似霰。整个夜晚，明月照着花林，因为流转的江水湿气重重而生成花非花、雾非雾的景象。如果没有这一句，就是"春江月夜"了，花不可缺席。在整首诗中，花却并非不可缺席，只是为了照顾一个"花"的主题而已。

　　如果你以为李白的《月下独酌》是花与月最痛快的一次约会，那也错了。"花间一壶酒，独酌无相亲。举杯邀明月，对影成三人。月既不解饮，影徒随我身。"花只是一个饮酒的场所，交会最多的仍是明月、人、影子和酒。花与月反倒没有契合点。

　　直到王维的《鸟鸣涧》，花才与月出现在同一山的静夜中："人闲桂花落，夜静春山空。月出惊山鸟，时鸣春涧中。"山中的夜，人坐花下，这等的静，却被一轮明月的出现打乱，因为月光倾泻之时，山鸟被惊扰，在春涧中偶尔鸣叫几声。明月，终究是静与动转换的媒介，花在左，鸟在右，人在动静之间，不落两边。花与月虽然分处两种状态中，但距离似乎近一些了。

　　而在李商隐那里，花与月奇妙地结合：不辞鹈鴂妒年芳，但惜流尘暗烛房。昨夜西池凉露满，桂花吹断月中香。（《昨夜》）杜鹃一叫春天则过，百花零落，人世这种无常无法避免。

只可惜蜡烛还在燃烧的时候就被尘土遮蔽。昨夜在西池边上，四处是寒冷的秋露，月中的桂花香也黯然消逝。这次花在月中，花月成为一体逝去。

在另一首《春日寄怀》中，李商隐主观上认为花、月、酒、人，这四者本该是一体的："纵使有花兼有月，可堪无酒又无人。"他这样感叹，就托出下面的一句："青袍似草年年定，白发如丝日日新。""青袍如草，白马如练"，"庾郎年最少，青草妒春袍"，直到"年年定"，才得空发觉日日生新的白发。老却少年心，方要花和月、人和酒的和谐，哪一样都不能少。

上面哪一种都不及张泌的处理来得微妙。"多情只有春庭月，犹为离人照落花"，一轮皎月，幽冷清光洒在园子里，地上

的片片落花，反射出惨淡的颜色。花落了，曾经映照过枝上芳菲的明月，依然如此多情地临照着，似乎还没有忘记这段恋情。月与花之间的情分更深了些。人去楼空，徒留一院明月与落花；人虽无情而去，明月却长照落花，慰藉孤独的我。明月、落花、我在一条战线上相望相闻，张泌赚取了同情，千年后的我们掬一把辛酸泪。明月的仗义，因长照落花得以彰显，这总比"冷月无声湿桂花"要好得多。

可是，明月只有照着落花时才能说明它的多情吗？照着回廊不可以吗？照着阑干不可以吗？照着闺房不可以吗？

答案是：可以。只是落花更兴象玲珑，更适合入诗。而花前月下，本就是恋爱的场所，当爱已成往事，人虽离去，物是人非，花与月仍在此地，彼此慰藉。花与月的距离，终于因人的无情而拉近了距离。

以诗代柬，我们不知道张泌有没有将这封信寄出，浣纱女收到后能否读懂，不过没关系，犹有明月在，慰他久徘徊。

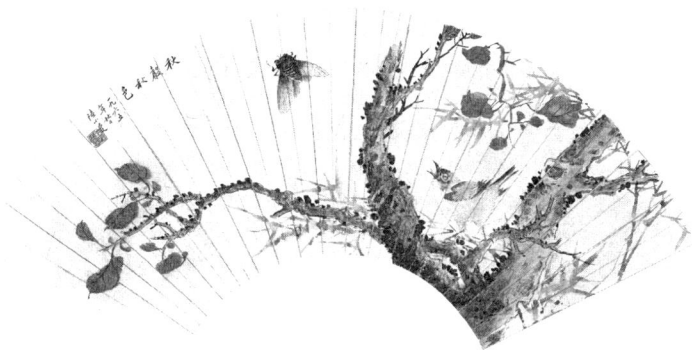

寂寞空庭春欲晚，梨花满地不开门
——那些宫斗的岁月

春 怨

刘方平

纱窗日落渐黄昏，金屋无人见泪痕。

寂寞空庭春欲晚，梨花满地不开门。

这显然是一个曾经跻身宫斗级别却又不擅长宫斗的女子。

《汉武故事》载：汉武帝做太子时，他的姑母要把自己的女儿阿娇许配给他，汉武帝随口回答说："若得阿娇，当以金屋贮之。"后来，卫子夫成了新宠，阿娇因一味蛮横、不明事理被黜长门宫，"似将海水添宫漏，共滴长门一夜长"，至死不复得出。

"金屋藏娇"，显然是童年汉武帝的一个诡计，它告诉我们：万不可低估孩子的智商。"金屋"日后也就成了筑给宠幸之人的爱巢。既然"金屋无人见泪痕"，说明此女子还曾是"金屋"级别的宠妃，曾经跻身宫斗之列，却因不谙宫斗而被排挤出局。

这样解诗难免有索隐的嫌疑。其实有关后宫的典故拨来拨去就那么几个，"金屋藏娇"是最正宗的一个，也是最煽情的一个，所有的宫中怨妇基本都适合这个典故，刘方平不用这个典故也确实没什么太好用的了。这还需要给宫斗确定一个范围，明确内涵和外延。何为宫斗？有资格参加宫斗的妃嫔都需是何等身份？

然而，我们所熟知的一系列宫斗的历史或宫斗剧都会告诉我们：宫斗，无限级！炮灰般牺牲掉的宫女们洒在其中的血泪不是更让人动容？但是"寂寞空庭春欲晚，梨花满地不开门"这等小资的忧伤，却暗示着此女子的身份并非等闲之辈。宫门无人来敲，一地忧伤，这样的雅致。

话又说回来了，这等雅致的忧伤，也是拜刘方平所赐。附上寂寞空庭、梨花满地，则多一份优雅。著一片红叶、水流御沟，则绣一场传奇。感团扇徘徊、昭阳日影，则添一种高贵。如今看来，诗家的翻云覆雨手左右了我们今天读诗时的感受，宫词、宫斗，有关后宫的爱恨情仇不过是从古至今茶余饭饱后的意淫。我们过了瘾，那些女子的过往，终究不可知。

好吧，让我们好好读这首诗，要知道，岁月静好是自己的事，在诗中行走，才能现世安稳。

坐在窗前，直到夕阳西下，余晖渐去，都一直在流泪，因为"无人见泪痕"，知是独坐，当初宠爱自己的人哪去了？既知如今，何必当初！空庭寂寞，又是暮春时节，满院梨花落，无人来收，无人来葬，宫门紧锁。这一段情，说与谁听？

刘诗人酷爱纱窗，另一首《月夜》中的窗纱极可爱、极生趣："更深月色半人家，北斗阑干南斗斜。今夜偏知春气暖，虫声新透绿窗纱。"纱窗或窗纱，这和"纱窗日落渐黄昏"是两种情境。也有别样的纱窗，在李白，是窥探行乐的窗口："绣户香风暖，纱窗曙色新"（《宫中行乐词其五》），是一窗绿水的清新："纱窗倚天开，水榭绿如发"（《经乱离后天恩流夜郎忆旧游书怀赠江夏韦太守良宰》）；在白居易，是春日的生机："画堂三月初三日，絮扑窗纱燕拂檐"（《三月三日》）；在朱绛，是闺中的怨："独坐纱窗刺绣迟，紫荆花下啭黄鹂"（《春女怨》）；直到宋代杨万里那，才多情起来："梅子留酸软齿牙，芭蕉分绿与窗纱"（《闲居初夏午睡起》），这般浑然无迹，天然至极。

刘诗人笔下的梨花，也逐渐修炼成更凄美的角色。戴叔伦说："金鸭香消欲断魂，梨花春雨掩重门。"（《春怨》）打这以后，梨花和雨的关系更为密切，比如尹鹗的"髻滑凤凰钗欲坠，雨打梨花满地"（《清平乐》），再如秦观那首著名的《忆王孙》："萋萋芳草忆王孙，柳外楼高空断魂，杜宇声声不忍闻。欲黄昏，雨打梨花深闭门。"和雨梨花，更为凄凉，也逐渐成为宫怨或闺怨的代言者，直到唐寅的《一剪梅》出现："雨打梨花深闭门，忘了青春，误了青春！赏心乐事共谁论？花下销魂，月下销魂。愁聚眉峰尽日颦，千点啼痕，万点啼痕；晓看天色暮看云，行也思君，坐也思君。"才真正将梨花与青春紧紧相连。

《红楼梦》第二十八回，宝玉席间行酒令，说了悲愁喜乐四个字的女儿令，唱了一段《红豆曲》，饮了杯酒，拈了一片梨，说了句"雨打梨花深闭门"，算是结了令。少年时读到此处不能不销魂，那时家有宅院，院内一株梨花，朱门铜锁，就极盼望雨天，梨花开，梨花落，吟着这一句诗，仿佛此生只为一人而来。然而，还是往事都成了空，还如一梦中，红颜未老恩先断，再怎样三千宠爱，眼下都要斜倚熏笼。

有时难免赌气，门前冷落是难免，与其冷落，不如深深闭门，你不再来，我也不再开，我们两不相欠了。想到这个份儿上，真真是个有骨气的女子，这才算是正常的爱情，其中有争执，有坚守，有决绝，有不肯退一步。

故国三千里，深宫二十年，纵我不蒙圣眷，一曲《何满子》也要唱给自己听。这样的女子，是宫斗中的胜者，毕竟爱与不爱不是主题，能不能做自己是最难的选择。其实每个胜者的内心不都是死灰一抹吗？那些让别人致敬到最后的女子往往牺牲得更多，所换来的不过是青史上极低的出场率，以及现实生活中时刻被架空的可能。

请在别无选择之时依然做你自己，这是唯一的退路。

请在黄昏之时唱首歌给自己，自娱自乐。

请独自在空庭之上跳一段舞给自己，自怜自爱。

请把满地的梨花堆积，那不是憔悴，不是无人堪摘，而是刚刚下过一场美丽的花瓣雨。

请把朱门打开，不必赌气，只是为了在新鲜的空气里呼吸，感受崭新的自己。

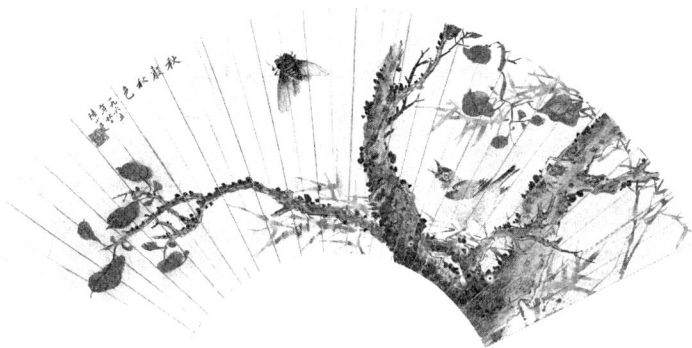

感时花溅泪，恨别鸟惊心
——播种的季节

春 望

杜甫

国破山河在，城春草木深。
感时花溅泪，恨别鸟惊心。
烽火连三月，家书抵万金。
白头搔更短，浑欲不胜簪。

或许，杜甫、王维、李白可以代表唐诗中的儒释道。尤其杜甫，他有着以天下为己任的情怀和明知不可以而为之的韧劲，而这两点，恰恰是儒家的精神，更不消说，"仁"这个字，明明就是杜甫的注解。杜甫是唐诗中的一座山，凝重沉郁。山的一边，是开元盛世；山的另一边，是安史之乱，以及其后的生灵涂炭民不聊生。这两边的劲风吹拂他，锻造他，磨折他，也成就他。杜甫是凤凰，当尘世于他如修罗场，他更加高亢长鸣，浴火而起，千百年后，我们还在细细观摩他的歌声和落羽，便是这些不朽的诗作。

杜甫的一生，大部分时间奔波困顿，唯有早年算是比较快意自得，那时的诗，我们尚可以清晰地看到诗人的底色，一颗未经多少折磨的，还充满豪情壮志的心。

望 岳

岱宗夫如何？齐鲁青未了。
造化钟神秀，阴阳割昏晓。
荡胸生层云，决眦入归鸟。
会当凌绝顶，一览众山小。

作此诗时，诗人二十四岁，其时正是学有所成、壮游未已的好时候。其实当时诗人刚刚落第，略有不同的是，此次落第并没有对杜甫造成什么消极影响。究其根源，许是诗人对自己牢固的自信吧，《壮游》诗里，他这样描述自己："往昔十四五，出游翰墨场。斯文崔魏徒，以我似班扬。七龄思即壮，开口咏凤凰。九龄书大字，有作成一囊。性豪业嗜酒，嫉恶怀刚肠。脱略小时辈，结交皆老苍。饮酣视八极，俗物都茫茫。"七岁作诗，十四五岁便已经是翰墨场的一个人物了，崔尚、魏启心一般的老前辈都把他比作班固、扬雄。并且对于这种赞誉显然诗人是受之无愧的。有时候也会想，会不会诗人一生的困顿磨难，都是源于他对自己的才能充分认识和对这个社会的不充分认识所引起的矛盾冲突呢？又或者，因他的才能、他的意志，以及他心里牢不可破的"道"，使他对那个社会永不会失望，那些希望支撑着他不妥协、不苟且，当然也就不富贵、不安逸了。

但是，二十四五岁的杜甫还想不到这些，他的心里，此刻是蓬蓬勃勃的朝气和希望，还有着刚刚从书斋走向山水的诗人不可抑制的喜悦和欣然。这些东西在这首诗里饱满充盈，呼之欲出。年轻而好奇的眼睛，年轻而好奇的心，岱宗是怎样的呢？齐鲁青未了，望岳而望不到边，"青未了"，五字囊括数千里，真乃胸中气象，笔底文章。齐鲁青未了谓之寥廓，接下来作者又以"阴阳割昏晓"谓山之高大，一山之隔，而昏晓不同，只能是造化所为的神奇峻秀了。远观如此，近前呢？山中云层激荡不穷，胸中亦是激荡不已，这时薄暮已来，鸟倦飞而知返，年轻的诗人此时此景，当真是胸胆尚开张了，不由得豪气干云，发誓要"会当凌绝顶，一览众山小"。想当初"孔子登东山而小鲁，登泰山而小天下"，如今诗人杜甫重登泰山，再临先贤足迹，胸中亦是类似情怀。不由想，李白登山而寻仙"五岳寻仙不辞远"，杜甫望岳，心中追求的还是儒家的精髓，所谓"会当凌绝顶，一览众山小"是也。

二十四五岁至三十四五岁期间，正是杜甫最好的时候，他像一只羽翼初丰的雏凤，翱翔长空，"放荡齐赵间，裘马颇清狂"，年轻的心彼时是自信而张狂的，他自信凭自己胸中所学"万里可横行"。这天地间不过是他遨游的场所，这庙堂江湖都不过是他任意施展的所在。其实杜甫亦是骄傲的，和李白的骄傲不同，李白的骄傲是一柄剑，恣意纵横，锋芒毕露。而杜甫的骄傲是一座山，居高临下，巍峨不动，或许这源于他对自己的才能和信仰深信不疑，"我心匪石，不可移也。我心匪席，不可卷也。"纵使后来感叹"纨绔不饿死，儒冠多误身"，纵使"男儿生不成名身已老，三年饥走荒山道"，我们的杜甫从来都没有变过，他便是"儒"，是"仁"，是贫不易志，潦倒不忘"大庇天下寒士俱欢颜"。

我们把目光仍然投向年轻时的杜甫，那时的两首诗非常可以代表当时的诗人，《房兵曹胡马》《画鹰》：

胡马大宛名，锋棱瘦骨成。竹批双耳峻，风入四蹄轻。所向无空阔，真堪托死生。骁腾有如此，万里可横行。

——《房兵曹胡马》

素练风霜起，苍鹰画作殊。㧙身思狡兔，侧目似愁胡。绦镟光堪擿，轩楹势可呼。何当击凡鸟，毛血洒平芜。

——《画鹰》

一方面，此时的杜甫已经可见"读书破万卷，下笔如有神"的境界，"凡笔望一字不可得"。另一方面，这两首诗中可以形象地看见当时作者的状态，自负而傲然，笔有锋棱，心意骁腾。他的人生是"风入四蹄轻"的鹏程万里，他的精神是"所向无空阔，真堪托死生"。清人边连宝评价其诗"笔力矫健，有龙跳虎卧之势，其疾恶如仇、硉矹不平之气，都从十指间拂拂出矣"。

在杜甫的青年时期，值得一提的一个事件是李白和杜甫的相遇，那是盛唐两位诗歌高峰的相遇，是山和水的汇合，是明月和曜日的交辉。闻一多说过，历史上可以与此次会面相媲美的，也许只有老子与孔子的相遇了。你看，世事便是这样的巧合，历经一千多年之后，道与儒再次在诗歌的路上相遇，这是大鹏与凤凰的并肩翱翔，是《道德经》与《论语》的再次碰撞。我们无法想象这两座高峰是如何的携手同游，谈诗论文，有迹可循的是，两人结束了"醉眠秋共被，携手日同行"的出游生涯后，杜甫便也结束了这段快意的游览，"快意八九年，西归到咸阳"。

从到长安开始，杜甫便一步一步踏上了命运给予他的磨炼和征程，这里甚少舒展快意，这高飞的凤凰，遇见他的风雨和劫火，先是仕途的不得意，不过那时杜甫的生活除了仕途上的不得志，其他方面可以说还是多姿多彩的，谈笑有鸿儒，往来无白丁，虽说其自言"青冥却垂翅，蹭蹬无纵鳞"，但诗人此时还是颇有闲情的，比如《饮中八仙歌》，诗人简直是调皮的，顽童挥椽笔，玩笑心思，《史记》手法，贺知章、李琎、李适之、崔宗之、苏晋、李白、张旭、焦遂，个个醉态可掬，而又形象鲜明，使读者不由随之莞尔：

> 知章骑马似乘船，眼花落井水底眠。
> 汝阳三斗始朝天，道逢麹车口流涎，恨不移封向酒泉。
> 左相日兴费万钱，饮如长鲸吸百川，衔杯乐圣称世贤。
> 宗之潇洒美少年，举觞白眼望青天，皎如玉树临风前。
> 苏晋长斋绣佛前，醉中往往爱逃禅。
> 李白一斗诗百篇，长安市上酒家眠，天子呼来不上船，自称臣是酒中仙。
> 张旭三杯草圣传，脱帽露顶王公前，挥毫落纸如云烟。
> 焦遂五斗方卓然，高谈雄辩惊四筵。

一首柏梁体，诸人尽酣然。可是这边诗词唱答未已，那边鼙鼓动地而来，安史之乱。诗人和整个国家陷入炼狱。

安史之乱中，诗人辗转流离，家人离散，衣食堪忧，但就是在这种情况下，诗人写了很多诗，记录了这场终止盛唐的劫数，后人称之为"诗史"。可是，我们更知道，泪眼忧民方为圣，血书写尽史书来。凤凰垂翼，杜甫垂老，仿佛都是一朝一夕的事。那个"万里可横行"的人，那个时刻想着"致君尧舜上，再使风俗淳"的人，此时短发萧骚襟袖冷，他的笔突然沉滞起来，因为这上边承载着国破山河，战火家山。杜甫的一生，写了很多写景的诗，但是没有哪首比这首更加催人泪下，更具代表性。

春　望

国破山河在，城春草木深。
感时花溅泪，恨别鸟惊心。
烽火连三月，家书抵万金。
白头搔更短，浑欲不胜簪。

诗人的笔，是早已成熟的了；诗人的心，随着磨难的次第到来，也更加伟大和浑厚，艾青的《我爱这土地》：

假如我是一只鸟，
我也应该用嘶哑的喉咙歌唱：
这被暴风雨所打击着的土地，

这永远汹涌着我们的悲愤的河流，

这无止息地吹刮着的激怒的风，

和那来自林间的无比温柔的黎明……

——然后我死了，

连羽毛也腐烂在土地里面。

为什么我的眼里常含泪水？

因为我对这土地爱得深沉……

这似乎是给子美最恰当的注解，他矢志不渝地爱着他的家国，哪怕这里已经流血涂野草，豺狼尽冠缨。这时候，这爱化作他的沉痛，是他挥不开的迷雾和铁幕。国破了，山河空在，春天仍然回来，只是人迹寥寥，草木徒深，花鸟同悲，人何以堪？文人忧国，是同忧患共泣血，是白头搔更短，浑欲不胜簪。

生活之于杜甫，是"一片花飞减却春，风飘万点正愁人"。磨难和不顺之于他，从来都是雪上加霜，一来再来。命运没有给过诗人多少"漫卷诗书喜欲狂"的机会，安史之乱的结束甚至没有使诗人的生活有所好转，仍然是困顿飘零。他在那样深那样阔的苦海里挣扎，"亲朋无一字，老病有孤舟"，穷苦，辗转，老妻稚儿随之忍饥挨冻。他的身世"飘飘何所似"，可是他的诗文越发地凝重，一字千钧。像是给命运的还击，这只凤凰仍然在唱，这声音穿过荆棘，穿过乌云，如黄钟大吕，如野火燃云，永远地响彻在历史和诗歌的上空。

登 高

风急天高猿啸哀，渚清沙白鸟飞回。

无边落木萧萧下，不尽长江滚滚来。

万里悲秋常作客，百年多病独登台。

艰难苦恨繁霜鬓，潦倒新停浊酒杯。

我愿意以这首诗作为本篇的结尾，因为这是杜诗中的经典，高峰上的高峰，是被誉为"旷代之作"的不朽之作。更因为这首诗，饱含着诗人这一生的磨难漂泊之苦，以及这磨难漂泊之苦所锻造出的不朽的灵魂和结晶。关于这首诗的卓越之处，历史上有太多的人来描摹揣测他。值得我们注意的是，此诗后三年，诗人便逝世了。他的一生，终于没有脱离贫病痛苦，但他的心，从来也没有低下尘埃过，就在离去的不久前，他的《朱凤行》仍然以朱凤自喻。闻一多说，他是四千年文化中最庄严、最瑰丽、最永久的一道光彩。他当之无愧，对于命运给他的不平和磨难，我们只有相信凡·高说的：

生命是播种的季节，收获是不在这里的。

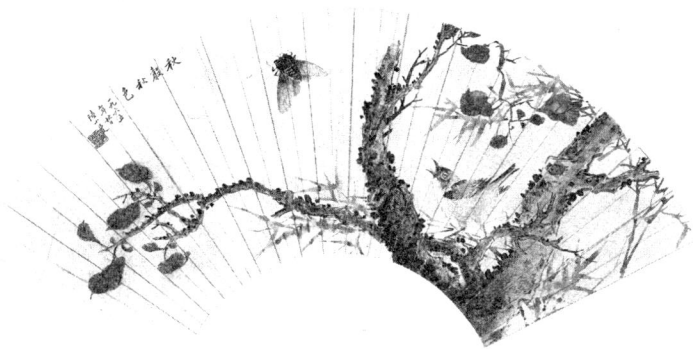

唯愿当歌对酒时，月光长照金樽里
——歌者的明月

　　他的诗，是半个盛唐；他的人，是盛唐的传奇。若说杜甫是贫而不改其志的话，他便是落拓而不改其狂。偏有这样的人，才情如瀑，你不知道那巨大的生命能量从哪来，你也不知道那无数的诗文最终会流到哪里去。他说"天地一逆旅"，可他的逆旅，真真切切是我们的历史，他或许真是谪仙，自有来处，自有去处，他在这尘世昙花一现，便是我们永远的追寻和光芒。他，就是李白。

　　他有这样的力量，自青年起，他的诗便时时敲在我们的脉搏上，他的诗饱满得似有自己独特的生命和情感一样，逗引着你，诵不绝口，赞不绝口。

渡荆门送别

渡远荆门外，来从楚国游。

　　　　　山随平野尽，江入大荒流。

　　　　　月下飞天镜，云生结海楼。

　　　　　仍怜故乡水，万里送行舟。

　　这首诗是李白离开四川时所作，这是一首年轻的诗，尤其这首诗的起句和结句"渡远荆门外，来从楚国游""仍怜故乡水，万里送行舟"，觉得这两句兼具了太白的豪情和浪漫，读到"来从楚国游"，常不禁半眯了眼睛以手叩案，真真遣字如鬼神，一"远"一"来"，无可替代，去国离乡之态与舍我其谁之慨跃然纸上，令人不动也难。"山随平野尽，江入大荒流"，空阔苍茫，山渐渐地消失在地平线上了，对于从"蜀道难"而来的诗人而言，豁然开朗的不只是眼前，还有心胸。年轻的诗人回首山已远，唯有舟下的江水，仍然无休无止地向着大荒流去，流向荒漠辽远的原野，也流向遥不可知的未来。山川渐渐异所，月亮，还是家乡那一轮，也像依恋一般化作水中镜照我，此时，云端有海市蜃楼，恍如仙境。一切都不一样了，舟下还是故乡的水，万里送离人。读到"仍怜故乡水，万里送行舟"，都不禁莞尔，亏他怎样想得呢，不言人依水之情，而思水送人之态，别具一格，便使这送别之词不流于颓唐绵软。

　　值得一提的是，诗人杜甫一定也和我们一样一面吟诵一面赞叹，继而念念不忘，不然如何便把"山随平野尽，江入大荒流"幻化得那样得心应手呢。

　　诗人写月，"月下飞天镜"还属牛刀小试，待到《把酒问月》，我们方才见识到这位水月为魄、长风为魂的诗人是如何的字字珠玑浮篇才气：

把酒问月

青天有月来几时？我今停杯一问之。
人攀明月不可得，月行却与人相随。
皎如飞镜临丹阙，绿烟灭尽清辉发。
但见宵从海上来，宁知晓向云间没？
白兔捣药秋复春，嫦娥孤栖与谁邻？
今人不见古时月，今月曾照古时人。
古人今人若流水，共看明月皆如此。
唯愿当歌对酒时，月光长照金樽里。

窃以为，李白是七分水三分月的，所以他写月，当然是入骨入髓，入木三分了。

太白的起句总是不凡，"青天有月来几时？我今停杯一问之"，似呼月而来，细细问之，而这问又循循引出月的若即若离之态、朦胧虚幻之美、周而往复之谜、玉兔嫦娥之寂、人生之短暂无常、明月之恒久。关于月亮，人们关注的除了传说，除了"千里共婵娟"的寄托，也有时光之感。关于此点，早时的张若虚问过："江畔何人初见月，江月何年初照人？人生代代无穷已，江月年年只相似。"后来的张爱玲亦说过"年轻的人想着三十年前的月亮该是铜钱大的一个红黄的湿晕，像朵云轩信笺上落了一滴泪珠，陈旧而迷糊。老年人回忆中的三十年前的月亮是欢愉的，比眼前的月亮大、圆、白"。我们的太白亦有是想："古人今人若流水，共看明月皆如此。"可是这个"使我有身后名，不若即时一杯酒"的酒仙诗人，他的思虑仅限于此，下一句便是管他古人今人，管他月明千里还是月映万古，"唯愿当歌对酒时，月光长照金樽里"，如此便好了，因醉而问，也因醉而不问，这便是太白。

全诗从停杯始，最后又从月归到酒，笔随意走，气势流动，一轮朦胧雅致恒久的月，一个出尘随意的"我"的形象幻然而出。

与其他诗人略有不同的是，我们甚至难以从诗歌中找到诗人人生里那些落魄的轨迹，他是真的仙人，百千万劫，一杯酒愈。他是永不折翼的大鹏，他的诗他的酒是他的百愈良药，家人冷眼，他"仰天大笑出门去，我辈岂是蓬蒿人"；所拜谒的官员未有青眼，他回敬曰"大鹏一日同风起，扶摇直上九万里""宣父犹能畏后生，丈夫未可轻年少"；世俗更不用论，太白的骄傲本就凌驾一切"淮阴市井笑韩信，汉朝公卿忌贾生"嘛。而飞扬激荡的《庐山谣寄卢侍御虚舟》，竟然是他流放夜郎遇赦后所作，再读此诗，对他不可动摇的骄傲和不羁，简直是心怀敬畏了。

庐山谣寄卢侍御虚舟

我本楚狂人，凤歌笑孔丘。

手持绿玉杖，朝别黄鹤楼。

五岳寻仙不辞远，一生好入名山游。

庐山秀出南斗傍，屏风九叠云锦张，影落明湖青黛光。

金阙前开二峰长，银河倒挂三石梁。

香炉瀑布遥相望，回崖沓嶂凌苍苍。

翠影红霞映朝日，鸟飞不到吴天长。

> 登高壮观天地间，大江茫茫去不还。
> 黄云万里动风色，白波九道流雪山。
> 好为庐山谣，兴因庐山发。
> 闲窥石镜清我心，谢公行处苍苔没。
> 早服还丹无世情，琴心三叠道初成。
> 遥见仙人彩云里，手把芙蓉朝玉京。
> 先期汗漫九垓上，愿接卢敖游太清。

　　这首诗使我真正认识到文字是具有令人心动神摇的力量的，诵读的时候，兴为之发，神为之夺，一种侵略的力量和美，使我不能客观地分析这首诗，"我本楚狂人，凤歌笑孔丘……"读到"五岳寻仙不辞远，一生好入名山游"时，好似已经进入一个自由奇诡的世界，激越、美、浪漫、飞翔，我开始迷信文字的幻觉，而随着一节紧于一节的节奏，"黄云万里动风色，白波九道流雪山"俨然是这首诗的高潮，险崖飞瀑，一字千钧，在阳光下进溅出飞琼碎玉的美，炫目和迷幻，如果文字有声，这便已是声外之声，在云端和心底同时响起。而太白是运用文字和掌握节奏的天才，给你这样的文字盛宴后，缓一缓韵，如梦初醒地低吟"好为庐山谣，兴因庐山发"，或者如梦初醒的不过是读者，恍惚失神的我们继而随着渐渐舒缓的文字进入下一个梦境，与那风云变色、雪山湍流不同，玉京、芙蓉、飞天的彩袖、回旋的云缕，同样的美、自由和飞翔……

　　太白是真正意义上的浪漫主义者，他的才情和性情将他稳稳地托在云端，只予人以仰望和赞叹的机会。好诗人是该可以随时发疯的，这应该是他最基本的才能和特征，一杯酒，一斛春色，一座山，一把清风，这些都可以是他的毒药，逗引得他癫狂，逗引得他诗情四溢不可抑止。而他的诗，再来做我们的毒药，一点一点来敲打我们这些俗人的神经，唤醒我们在庸碌中抬一抬头，看一看本该属于人世的光芒。《将进酒》便是太白一次经典的"发疯"，是我们不可多得的毒。

将进酒

君不见黄河之水天上来，奔流到海不复回。

君不见高堂明镜悲白发，朝如青丝暮成雪。

人生得意须尽欢，莫使金樽空对月。

天生我材必有用，千金散尽还复来。

烹羊宰牛且为乐，会须一饮三百杯。

岑夫子，丹丘生，将进酒，杯莫停。

与君歌一曲，请君为我倾耳听。

钟鼓馔玉不足贵，但愿长醉不愿醒。

古来圣贤皆寂寞，唯有饮者留其名。

陈王昔时宴平乐，斗酒十千恣欢谑。

主人何为言少钱？径须沽取对君酌。

五花马，千金裘。呼儿将出换美酒，与尔同销万古愁。

这是最诗意的酒和最酒意的诗，这是最美的恣意纵横和最恣意纵横的美。

起句便很太白，"君不见黄河之水天上来，奔流到海不复回。君不见高堂明镜悲白发，朝如青丝暮成雪"。变幻无常，逝者如斯，于是"人生得意须尽欢，莫使金樽空对月""天生我材必有用，千金散尽还复来"。自信，自弃，放荡不羁，万事了无挂怀，太白的潇洒和浪漫是骨子里的，随时的掷杯而去，随时的仗剑远游，所以当这样的天才说"天生我材必有用"的时候，便只好"烹羊宰牛且为乐，会须一饮三百杯"吧。

　　和上一首不同的是，这首的节奏是由缓而急的，仿佛渐深的酒意，当"岑夫子，丹丘生，将进酒，杯莫停。与君歌一曲，请君为我倾耳听"时，我们的太白便是酒半酣，诗已成了。"钟鼓馔玉不足贵，但愿长醉不复醒。古来圣贤皆寂寞，唯有饮者留其名。陈王昔时宴平乐，斗酒十千恣欢谑。主人何为言少钱，径须沽取对君酌。"节奏紧凑，宛如急管繁弦。且字字透着"使我有身后名，不若即时一杯酒"的豪气。后来的"五花马，千金裘，呼儿将出换美酒"又是痴憨任诞，醉态令人莞尔，可这笑尚未出声，最后的掷杯一呼"与——尔——同——销——万——古——愁——"又使空气为之一滞，才觉出我们随着这纵横捭阖的诗路或悲或喜，激愤狂放，难以回神，而我们的太白，或已兀自沉沉睡去。

一位伟大的诗人，必是多元的，太白亦然。他的诗，既有"天生我材必有用"的狂，也有"安能摧眉折腰事权贵，使我不得开心颜"的傲；既有"我寄愁心与明月，随君直到夜郎西"的浪漫，亦有"我醉欲眠卿且去，明朝有意抱琴来"的率意。当然，也有"暮从碧山下，山月随人归"的清新。

下终南山过斛斯山人宿置酒

暮从碧山下，山月随人归。
却顾所来径，苍苍横翠微。
相携及田家，童稚开荆扉。
绿竹入幽径，青萝拂行衣。
欢言得所憩，美酒聊共挥。
长歌吟松风，曲尽河星稀。
我醉君复乐，陶然共忘机。

和他的乐府激扬的调子不同，太白的五言诗别有一番清新的美，自然灵透，一种晨雾的气息或者朗月的光芒，此诗尤为如此。诗描写的是夜晚在朋友家饮酒做客的情景，全诗基调脱俗，语言唯美，写景达情，如在眼前，山月、荆扉、绿竹幽径、青萝拂衣，仿佛见诗人飘然状，而饮酒我醉君乐，宾主尽欢，待到"曲尽河星稀"已是"陶然共忘机"，景醺人醉，情感人痴，恍惚陶渊明再生，谢灵运重游，独又多出太白潇洒出尘之资，汝能不喜乎？

　　李白平生多以"大鹏"自比，最后的《临路歌》亦言"大鹏飞兮振八裔"。此诗连同杜甫的"山巅朱凤声嗷嗷"，像是某种昭示，"老当益壮，宁知白首之心？穷且益坚，不坠青云之志"。那个早逝的诗人的名句，我们的诗仙诗圣用自己的一生来践行。他们使盛唐的诗史庄严深博，傲然自持，引得后代的痴人如我辈，沿着历史溯流而上，仰望他们的纵横挥洒，心迷神醉，不亦快哉！

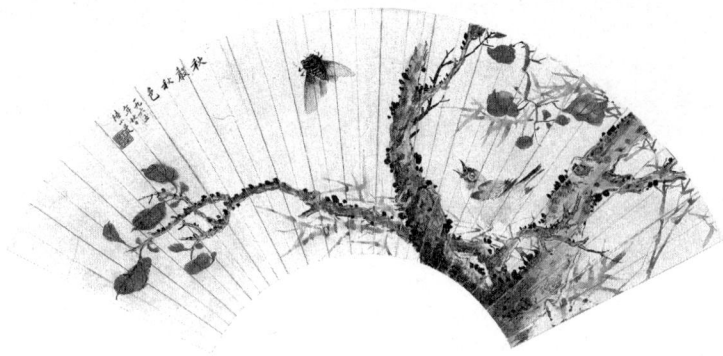

满堂花醉三千客，一剑霜寒十四州
——任气的侠客行

献钱尚父

贯休

贵逼人来不自由，龙骧凤翥势难收。

满堂花醉三千客，一剑霜寒十四州。

鼓角揭天嘉气冷，风涛动地海山秋。

东南永作金天柱，谁美当时万户侯。

一个人如果遵照他的内心去活，他要么是一个疯子，要么是个传奇。

贯休，字德隐，七岁时投兰溪和安寺圆贞禅师，出家为童侍。他天赋异禀，日诵《法华经》一千字，过目不忘。还雅好吟诗，常与僧处默隔篱论诗，或吟寻偶对，或彼此唱和，见者无不惊异。直到他受戒以后，仍至于远近闻名。他的一生，能诗善书，尤长绘画，其所画罗汉，更是状貌古野，绝俗超群，在中国绘画史上有着很高的声誉。且不提他的才艺，单说这个人物，本身就是跳脱张扬的一个传奇。

传奇是多么嚣张跋扈的名词，如果有人敢如此自称，必当被世人戏谑。人活着，与其说为自己，不如说为别人。太多顾虑，太多渴望，太多恐惧，太多需要替别人完成的愿望。因此，人从来都身不由己，不是因为虚伪，而是世间有太多的无可奈何。

唐代诗僧、画僧是史上最多的，这和当时的诗歌佛教盛行的风气有关。一直以来我都对盛唐气象分外憧憬，那种开放而有生机的朝代，如能得见，简直再无他求。而这样一片神奇的土地上生长的那些人物，都鲜活地行走在每个时空里，给后人无数的遥想。他们像一道绚丽的闪电，能在沉闷黑暗的权力倾轧中照亮众人的眼，让你会心一笑，一面倾心，明白那些清贵自持和洒然大气。

贯休便是这样一个人。时人赞他"一条直气，海内无双。意度高疏，学问丛脞。天赋敏速之才，笔吐猛锐之气。乐府古律，当时所宗。果僧中之一豪也。后少其比者，前以方支道林不过矣"。这便让后人无可再评了。

看古人评古人，其中字字珠玑，笔锋词利，入木三分都分外迷人。这寥寥几句，把贯休的不拘小节，铮铮傲骨，写意疏狂，勾勒得很是浓重鲜活。

他爱憎分明，关心人民疾苦，痛恨贪官污吏。他曾作"霢雨溺溺，风吼如劂。有叟有叟，暮投我宿。吁叹自语，云太守酷。如何如何，掠脂斡肉。吴姬唱一曲，等闲破红束。韩娥唱一曲，锦段鲜照屋。宁知一曲两曲歌，曾使千人万人哭。不惟哭，亦白其头，饥其族。所以祥风不来，和气不复。蝗乎蟊乎，东西南北"（《酷吏词》），它遣词用字古意凹凸，筋瘦嶙峋，愤怒地谴责了贪官污吏欺压百姓的暴行。他又不畏权势，傲骨铮铮，这首《献钱尚父》背后讲的就是这样一个故事。

乾宁初年（894），贯休开始云游天下。当时镇海军节度使、润州刺史钱镠以平定董昌之功，升任镇海镇东等军节度使，加衔"检校太尉兼中书令"。贯休自灵隐寺持诗前去祝贺（贯休喜交游，诗作中有许多酬作，他前半生都在各地颠沛，寻求一个安容之所，却一直因与人不和而四下流离），贺诗便是这首《献钱尚父》。钱镠见到贯休的贺诗，心下自然十分得意，但仍感意犹未尽。因为此时的钱镠已有问鼎之心，不以统辖十四州与得封"万户侯"为满足，他想进一步扩大地盘，力图成为雄踞一方的霸主。于是乎钱镠便传令贯休，要他将"十四州"改为"四十州"，改后才许得相见。贯休那样桀骜不驯的人哪里容得下如此轻慢，亦不满钱镠日益膨胀的政治野心，便愤然宣言："州亦难添，诗亦难改，余孤云野鹤，何天不可飞？"当天便卷了衣钵拂袖而去。

却说钱镠，盐贩出身，自幼不喜文而好武，后在董昌手下从军，一路摸爬，最终成了吴王，其中艰辛不足为外人道也。贯休遇见钱镠的时候也只能算是错误的时间下的相遇，那时的钱镠刚从小兵发迹，那种平民骨子里的小农思想作祟，铺张骄奢都上来了。即便后来受了他父亲的训斥，收敛了一段时间，终还是忍不住地奢侈起来。但是在本质上，他确实是个勤勉为民的好皇帝，也是个温柔体贴的平凡男子。那句有名的"陌上花开，可缓缓归矣"便是出自他写给爱妃的书信，其中的温暖呵护，每每读起便口齿留香。

其实很多时候，一个人所做事情的对错真的很难评价。专看钱镠对贯休的态度，只觉得这是轻狂不明真是个昏君，可是看到钱镠的政绩和治国理念，却又不得不佩服他能以己之力做到如此地步确实不易。只能说人各有志，心中所容各有不同。

再说回贯休，看他的诗"贵逼人来不自由"和"谁羡当时万户侯"便能明了他那不畏钱权不喜羁绊洒脱脱来洒脱脱去的个性，从"东南永作金天柱"的豪气，就能了知"十四州"改"四十州"的霸气岂是他胸中之物。僧人的心胸是超凡脱俗的，他心中的"满堂花"和钱镠心中的"满堂花"岂是同等之物，如何能改；"鼓角揭天""风涛动地"的囊括岂是"四十州"的豪情，又岂是"陌上花开，可缓缓归矣"的世俗。一个天地间的豪迈，一个世俗间的温情，岂能同日而语。

僧人的空无，造就他落落大肚，不拘小节，好云游天下的性格，难怪他会回诗云"州亦难添，诗亦难改，孤云野鹤，何天不可飞"。

他那样自在随心的一个人，哪里会为钱镠折腰，拂袖之后便离开越州，到荆州。荆南节度使成汭对贯休还比较客气，安置他在龙兴寺住。过了一段时间后，关系便逐渐疏远。有一年，成汭生日，献诗祝寿者百余人，贯休也在其中。因为献诗的人多，成汭无法亲自过目，便委托幕僚郑准品评。郑准对贯休的诗才非常嫉妒，就给贯休评了个第三，贯休自是不服。后来有次成汭向贯休请教书法上的问题，不巧贯休正因生日献诗受辱而闷着一肚子气，便借此机会发泄说："此事须登坛可授，安得草草而言！"成汭听后也很火，又因身边一些人乘机进谗言，于是贯休又被驱逐出江陵。

上裴大夫二首

我有一端绮，花彩鸾凤群。

佳人金错刀，何以裁此文。

我有白云琴，朴斫天地精。

俚耳不使闻，虑同众乐听。

指指法仙法，声声圣人声。

一弹四时和，再弹中古清。

庭前梧桐枝，飒飒南风生。

还希师旷怀，见我心不轻。

我尤爱贯休那胸中锦绣万丈，山河万里的大气；亦尤爱他古拙脱俗的想象和那颗清闲自在心。僧人对世间万物的看法自有禅意，他已经超出世人很远。他在《天台老僧》中写道："独住无人处，松龛岳色侵。僧中九十腊，云外一生心。白发垂不剃，青眸笑转深。犹能指孤月，为我暂开襟。"那一句"僧中九十腊，云外一生心"真是让人无比向往。原来那云外之心才是他一生的追求。

贯休除了善于诗画，又擅书法，号为姜休。后人评他："工草隶，南土皆比之怀素""作字尤奇崛，至草书益胜，嶻峻之状可以想见其人"。都说字如其人，由此可见贯休本身确实是个张狂不羁的奇士，只是这点又和济公的癫狂形象有那么点微妙的相同。

而世间真性情的人往往总为俗世不容，仿佛高大的身影背后一定要有那些鬼祟的小人才算完美一般，贯休对国计民生的关怀使他从未放弃过对国家前途的信心，他在碰壁间流离，却以一种闲云野鹤般的姿态，旁若无人地招摇过市，让那些小人得逞之后都不能笑得畅快。

再后来，贯休的弟子们劝他入蜀，他便又到了四川。到四川后，贯休向前蜀主王建献了一诗："河北江东处处灾，唯闻全蜀少尘埃。一瓶一钵垂垂老，万水千山得得来。奈苑幽栖多胜景，巴歈陈贡愧非才。自惭林薮龙钟者，亦得来登郭隗台。"（《陈情献蜀皇帝》）

至此，贯休终于找到自己一生的归属，找到了一个赏识自己的上司，完成了政治抱负和传播信仰的光荣使命，于乾化二年（912）终于所居，享寿八十一岁。

你在虚空中弹奏白云琴，缥缈的白云幻化成清风，平静了世人纷杂的心湖。我匍匐在地，掌心传来温热沉缓的跳动，我知，你在任何一处。

你仰望着夜空，微弱的星光点燃灵魂深处的业火。我只是人间惆怅客，在日月间纵横驰骋，在无法预知的世界，我知，你是昂然的唯一。

曲终人散后，你抱琴独立，虽然花开时节，却是落红满地。此刻，颠沛流离，痴言妄语，都化作你衣袂的翩翩。我远远观望，为你屏息，四面而来的狂风里，我知，你将用一生谱写这部传奇。

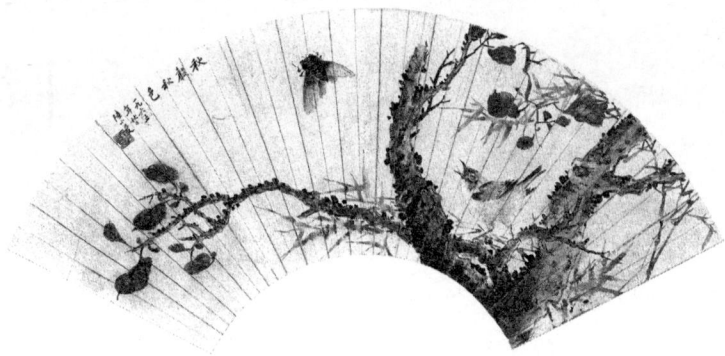

暗处若教同众类，世间争得有人知
——七月的流萤

萤：昆虫纲，萤科。体小型或中型，细长，耳畔扁平，腹部末下方有发光器。其发光机理为呼吸时被称为"荧光素"的发光物质氧化所致。夜间活动。又名耀夜、景天、宵烛。

温风始至，蟋蟀居壁，鹰乃学习，腐草为萤。——《礼记·月令·季夏之月》

这是一句简约而优美的形容，季夏之月温暖的风，墙脚下的蛐蛐，盘旋的雄鹰，以及衰草里的萤火虫。光是想象就已足够有趣，自然和谐的美感让人分外向往。只可惜这种神奇的小生物如今已不得多见了。

光明的使者

太阳是光明最永恒的代言词，而另一句话则是"萤火岂与太阳争辉"，众多会发光的事物中，即便它的光芒微小，却只有它有着和太阳一样自行发光的特质。

四季之中，春天明媚但不爽直，秋天清朗但不贴近，冬日温暖而不真实。唯有夏季阳光是明亮到极致的，这时的太阳像是一个泼辣直爽的小姑娘，青春活力，热情洋溢，爱憎分明。而不敢与之争辉的萤火，也正是在此时才开始发光。

不知道你可看到过数百只蝴蝶翩跹于花丛的场景，亦不知你可见过数千只萤火虫被惊起四散飞开的场面。前者是春季阳光下的盛大表演，后者却是午后静谧舞台上一出华丽的哑剧。

映水光难定，凌虚体自轻。夜风吹不灭，秋露洗还明。向烛仍分焰，投书更有情。犹将流乱影，来此傍檐楹。——《咏萤》（李嘉祐）

细微的萤火在粼粼的水面上飘忽不定，远远地看着就像一点轻灵的光，风吹不灭，雨淋不熄，它仿佛是要为夜读的学子照明，又仿佛是要为迷失的人指路。

又如杜甫的这首《萤火》：

幸因腐草出，敢近太阳飞。未足临书卷，时能点客衣。随风隔幔小，带雨傍林微。十月清霜重，飘零何处归。

的确是将小小的萤与太阳对比了。一句"十月清霜重，飘零何处归"写出了孑然无依的漂泊感，正是借着萤在抒发自己的感情。那茫茫的山林漆漆的夜，那一点小小的光明，看似微弱的坚持，在不知何处的迷茫人眼中，就像太阳一样明亮，一样温暖。那风雨中艰难前进忽隐忽灭的微光，带来的是对生命的尊敬和无言的感动。

现实的拟化

全唐诗中写到萤这一意象的共二百四十五处，诗人约九十多位，且用得较多的诗人多在中唐以后，由于政治腐败，社会黑暗，诗人便将心意寄托在恰与现实相契合的萤火虫上，点亮心中的灵光，隐守时代的风骨。

其实认真算起来，咏萤诗的繁荣应该是魏晋之后，时人讲究"以形传神"，《文心雕龙》里就提到过：

自近代以来，文贵形式，窥情风景之上，篆貌草木之中。……故巧言切状，如印之印泥，不加雕削，而曲写毫芥。

所以那时的诗文讲究摹状而少言志，如梁朝萧绎的《咏萤火》：

著人疑不热，集草讶无烟。到来灯下暗，翻往雨中然。

而唐人行文则一扫前朝的虚浮表象，开始向内观照自身，向外延伸含蕴历史、现实，注入了强大的生命力。

时节变衰草，物色近新秋。度月影才敛，绕竹光复流。——《玩萤火》（韦应物）

熠耀宵行，虫之微么。出自腐草，烟若散漂。——《萤火赞》（郭璞）

萤火虫多在夏季于水草边产卵，化而入土成蛹，次年春季破蛹成虫。古人误以为它是腐草变成，故多用萤来表示"变化"这一思想。柳宗元在《天说》中就曾提到：

木朽而蝎中，草腐而萤飞，是岂不以坏而后出耶？物坏，虫由之生。

所谓物坏，常代指家庭、群落、朝代的灭亡。且看刘禹锡的《秋萤引》：

秋萤引

汉陵秦苑遥苍苍，陈根腐叶秋萤光。
夜空寥寂金气净，千门九陌飞悠扬。
纷纶晖映互明灭，金炉星喷镫花发。
露华洗濯清风吹，低昂不定招摇垂。
高丽罘罳照珠网，斜历璇题舞罗幌。
曝衣楼上拂香裙，承露台前转仙掌。
槐市诸生夜读书，北窗分明辨鲁鱼。
行子东山起征思，中郎骑省悲秋气。

铜雀人归自入帘，长门帐开来照泪。

谁言向晦常自明，儿童走步娇女争。

天生有光非自衒，远近低昂暗中见。

撮蚊妖鸟亦夜起，翅如车轮而已矣。

便是借着秋萤的眼睛，看却时空中的舞榭歌台、汉陵秦苑，看破花团锦簇、歌舞升平，讲述那历史轮回也不过是"腐草为萤、物坏虫出"罢了。

另外还有许多别的物化，如于季子借萤火虫舒展大志的《咏萤》："卉草诚幽贱，枯杇绝因依。忽逢借羽翼，不觉生光辉。直念恩华重，长嗟报效微。方思助日月，为许愿曾飞。"或是齐己描绘的闲适的读书生活的《萤》："透窗穿竹住还移，万类俱闲始见伊。难把寸光藏暗室，自持孤影助明时。空庭散逐金风起，乱叶争投玉露垂。后代儒生懒收拾，夜深飞过读书帷。"抑或是陆龟蒙暗讽时政劝诫君王的《萤》："肖翘虽振羽，戚促尽疑冰。风助流还急，烟遮点渐凝。不须轻列宿，才可拟孤灯。莫倚隋家事，曾烦下诏征。"

那小小的一副身躯，却背负了众多文人墨客的期盼，在天地间依旧轻盈地飘荡，宛若新生。

生命的花火

曾有次在山村度夏，和朋友们走散，找不到回去的路。眼见天地之大之静，星光之灿之明，于是便也安定地随意走着，享受城市没有的梦境般的星夜。

忽然看到前方有一团明灭不定的荧荧的小光，忽上忽下，顺着风声还有振翅的低沉的嗡嗡声。于是心下一喜，在此之前我是没见过萤火虫的。城市的钢筋混凝土中，并没有给这些可爱的精灵留下栖息的方寸之地。于是，好奇的、仿若发现珍宝的、激动忐忑的我，像一个发现通往童话王国大门的孩童一般追了上去……

我感谢这只可爱的萤火虫。它可能是一位第一次出席盛大舞会的小姑娘，在家里犹豫不决地选择最合适的装扮，又紧张不安地一路飞来，成了迟到的公主，引来我这个陌生人的觊觎。

的历流光小，飘飖弱翅轻。恐畏无人识，独自暗中明。——《咏萤》（虞世南）

我一路跟随，直到眼见一片湖光。

天上细碎的星光落在水面，碎成满湖璀璨，水边没有围栏阶梯石块，而是高高低低的一片芦苇。芦苇映着湖面的星光仿佛镶了钻石般的晶莹美丽。

这时，风起。

噢，原来芦苇中闪亮的不是湖面的星光！芦苇随着风摇晃起来，发出哗哗的似水般的声音，湖面上的星光一下乱了，碎成无数粼粼波纹，一圈圈向远处扩散开去。而芦苇间，无数相同或相似的小小光团慢慢地升腾而起，在空中划出妙曼玄奥的轨迹，仿佛向我这个陌生来客展示它们神圣古老的文明。

我仰着头，发着呆，惊讶得发不出任何声音。萤火虫的盛大仪式让我神昏目眩，甚至不敢再举步向前。

在这一瞬间，我觉得天地是如此的浩大，即便是萤火虫这样微小而短暂的生命，也能美得如此惊心动魄。

它们像是天际的流火，却比流星雨更绚烂；它们像是卷起的风暴，又比蝴蝶泉更壮观。

这是大自然赐予我的，最美好、最珍贵的记忆。她向我诉说着生命的美妙，教我明白对自然的谦卑。

后来流萤们如何退去，我如何回家已没有印象，只记得那一夜弥漫在整个天地之间的晶莹的光亮，无论星辰，无论湖光，无论萤火。

奇怪的是，这场景日后并没有在我梦中出现，也许它就是一场梦。不能言及，无法再现。大自然用她神奇的魔力为我编织了一个真实的梦境，教我俯身看己，仰首望天。

我也只能由衷地深深地敬畏着，这古老的星球上所有的生命。

那些你未曾看见的角落里，有着你所不知的惊心动魄。那些你以为微藐的生命，也能谱写浩大的壮美。"秋风凛凛月依依，飞过高梧影里时。处暗若教同类众，世间争得有人知。"那些清澈灵透的精灵，真的从未在意过你的眼光，它们只是静静地以最美的姿态认真地度过每一天。

我听见回声，来自湖泊和心灵
以寂寞的镰刀收割空旷的灵魂
我相信自己
生来如同璀璨的夏日之花
不凋不败，妖冶如火

我听见音乐，来自星光和流萤
一生充盈着激烈，又充盈着纯然
我相信自己
死时如同静美的秋日落叶
不盛不乱，姿态如烟

我相信一切能够听见

而有些瞬间无法把握

任凭东走西顾，逝去的必然不返

请看我头置簪花，一路走来一路盛开

频频遗漏一些，又身陷风霜雨雪的感动

生如夏花，死如秋叶

还在乎什么拥有

第二章

塞上风云——壮志

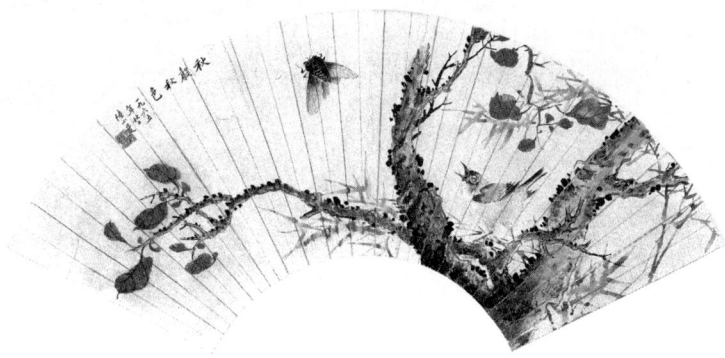

宁为百夫长，胜作一书生
——好男儿志在四方

从军行

杨炯

烽火照西京，心中自不平。

牙璋辞凤阙，铁骑绕龙城。

雪暗凋旗画，风多杂鼓声。

宁为百夫长，胜作一书生。

　　杨炯，和同为"四才子"的王勃一样恃才傲物，缘于这个不讨喜的性格，在武则天当政时，被贬为梓州司法参军，待他三年任满，又改任盈川县令，直到最后离世都未离开盈川，是以后人称他为杨盈川。高宗显庆六年（661）被举为神童，入朝授校书郎时只有十一岁。永隆二年（681）为崇文馆学士，后迁詹事、司直。正是这一年，突厥入侵顾原、庆阳一带，裴行俭奉命出征。这首《从军行》便是写在这个时候，此诗节奏紧凑，对仗齐整，气势磅礴而风格高古。品壮士舍身爱国之情，闻金鼓杀伐之声，大国凛然不可侵犯之威蕴含其中，言简而意远，堪为唐代边塞诗的开山力作！

边塞烽火燃起，紧张的气氛直逼京城。诗人得知消息，心潮澎湃，激昂难平，愤而投笔从戎。帝王火速发兵，大军辞京出师，不几时便到了匈奴要塞。北地苦寒，风雪交加，但三军将士不畏艰苦，在风雪中与敌人展开争战。无论何时战争永远是残酷的，热血霜刃你死我活，一轮又一轮的艰苦卓绝。但正是在这样的一场场战役中，用霜和血浇灌出来的诗人越发坚砺，愈加热爱这种饥餐胡虏肉、渴饮匈奴血的生活，宁可就这样做一个下等军官，也胜过书生千倍万倍。

他还有另一首《战城南》亦描写了塞北的战况："塞北途辽远，城南战苦辛。幡旗如鸟翼，甲胄似鱼鳞。冻水寒伤马，悲风愁杀人。寸心明白日，千里暗黄尘。"其中的艰苦卓绝，其中的气壮情伤，都已然跃然纸上。

无论在什么朝代，但凡男子，心底总有些战争情结，如他的这首《出塞》：

出　塞

塞外欲纷纭，雌雄犹未分。
明堂占气色，华盖辨星文。
二月河魁将，三千太乙军。
丈夫皆有志，会见立功勋。

无论是对武器的狂热，还是对战事的了然，或是对英雄的崇拜，都源自他内心的那份激情，那种雄性本源的保护欲，那种男子汉的担当力。然而最重要的，是古人坚定不移的信仰，那种"大丈夫顶天立地"的骨气。无论是国是家，他都能挺起脊梁一肩扛。男子的苦痛，是打碎牙齿笑着往肚里咽的沉默，是对他守护的人沉重的爱。

再说回此诗。

唐诗有一种美叫"信口开河"，是一种极尽夸张的美和形象。正如此诗开篇便气氛紧张，而接下来竟不写景，反是一句"心中自不平"，豪气顿生。其中"照"字之妙，亦是深得初唐诗的大气磅礴，不受拘泥。战情再急迫，烽火也是无法照到长安的。但是诗人着一"照"字，其边报紧急、羽檄频传之状，直入眼前。另一方面，关情则急，挂心为切。恰是诗人对边防的关切和责任感，使烽火与自身息息相关。于是自然而然的"心中自不平"了。国家兴亡，匹夫有责，他不愿再把青春年华消磨在笔砚之间。一个"自"，写出了书生的爱国激情，写出了人物的精神境界。书生之大不平，莫过于效仿班超投笔从戎，随军出征了。

"牙璋辞凤阙，铁骑绕龙城"描写了帝军辞京出师的场景，"牙璋"是皇帝调兵的符信，"凤阙"是皇宫的代称，此时个人"不平"呼应国家行为，汉皇按剑起，还召李将军。帝王之怒，遣将兴师，大军离京，剑指龙城。举国上下，同仇敌忾，长驱蹈匈奴去也！此二句节奏紧凑，章句庄严，大有"犯我强汉者，虽远必诛"之气势。

沙场激战，雪弥风侵，大雪障目，李白曾云"燕山雪花大如席"，如此雪下，旗画不清。烈风呼啸，堕指裂肤，又交织着战鼓声。诗人从视觉和听觉两方面形象地刻画了大雪弥漫，旌旗暗淡，马鸣车啸，鼓声动地。三边雪色里，我汉家儿郎一生转战三千里，有着一剑能当百万师的英勇卓绝和战况的紧张激烈。胡霜拂剑花，兵气天上合，但卫国之战，虽死犹荣。残酷的战争非但没有消磨掉战士的心志，反而更加磨炼他们的铁骨豪情，发出"宁为百夫长，胜作一书生"的誓言。其诗荡气淋漓，居高临下，长驱而来，天高地远，长风吹彻，使读者为之神夺。

"从军行"本不是诗题，而是汉魏流传下来的乐府歌曲。汉魏诗人作"从军行"，是乐府曲辞。但是到了唐代，《从军行》古曲已经不存在了，杨炯作了这首五言律诗，用了这个乐府古题，但诗的内容已不同于汉魏时代的《从军行》，可知初唐诗人用乐府古题作为诗题，大多已失去了古义。

这首诗借用乐府旧题"从军行"，描写一个读书士子从军边塞、参加战斗的全过程。仅仅四十个字，既揭示出人物的心理活动，又渲染了环境气氛，笔力极其雄劲。而唐时使用这一旧题的作者很多，如李白的"百战沙场碎铁衣，城南已合数重围"，陈羽的"横笛闻声不见人，红旗直上天山雪"，卢思道的"从军行，军行万里出龙庭，单于渭桥今已拜，将军何处觅功名"等。可见唐代诗人，大多以沙场建功为最高理想，文儒王维还说"岂学书生辈，窗间老一经"。更别说李白自豪地说自己"十五好剑术，遍干诸侯"了。前方有战事，更是文人士子以诗言志之时。祖咏《望蓟门》说"少小虽非投笔吏，论功还须请长缨"，如此等等。可见诗人心中，沙场烽火乃是英雄用武之地，海畔云山方具宗悫之长风。今人遥想我唐时气壮国强，大国风范凛然，犹自热血沸腾，正是由于无数的"宁为百夫长，胜作一书生"之志，方铸就我铮铮边塞，铁血燕然！

不知从何时起，但凡说到男子有出息，就会想到学富五车、政要权贵、富甲一方，而不是疆场挂帅、田间地头、猎野好手。整个社会对男儿的审美取向都由刚健恳实转到了文质风流，且不评其对错，单就一种审美体验而言，纯粹的柔善之美难见，浑厚的雄健之力亦是难求。与今时的社会氛围不同，在初唐盛唐，几乎无论哪个阶层，世人皆把沙场建功立业作为人生目标和终极追求，是以当时的诗歌别有一番刚健铿锵之力。唐时虽也足够开放，却是健康的向上拔节的生命之美，对男女的定位分外明确：女主柔美，男主刚健。这一点在杨炯的《有所思》里面表现得非常鲜明：

有所思

贱妾留南楚，征夫向北燕。
三秋方一日，少别比千年。
不掩嚬红缕，无论数绿钱。
相思明月夜，迢递白云天。

这首诗塑造了一个等待征夫的妻子翘首以盼的形象，这种形象在边塞类诗作中非常多见。娇妻在家对月遥寄相思与丈夫在战场"会见立功勋"形成完美互补，一刚一柔分外和谐。

六朝之后，靡艳骄奢的社会风气仍有残留，浮软虚华的文人也大有所在。初唐四杰为了扫荡六朝绮靡诗风曾在诗歌的内容和形式上做过颇有成效的革新，对开创大唐诗歌盛世具有重要的作用。四杰之一的杨炯更是诗风雄浑刚健，慷慨激昂。而这些也正是如今的我们所需要的。

一个刚健匀称的体魄，一副自然原始的素颜，一种凝然积极的民族心态，一群生生不息的伟大英魂。

最后，借用盈川的一句话："送君还旧府，明月满前川。"

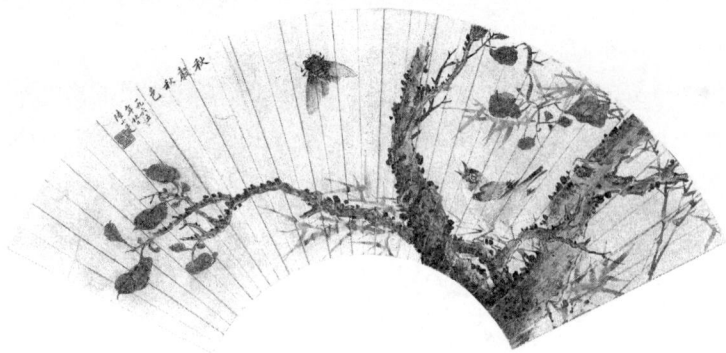

大漠孤烟直，长河落日圆
——苍茫广阔的异域美

唐诗历来以题材广泛著称，正如其宏阔无垠的疆域。自然的迥异之趣，造就了吟咏对象以及歌颂情怀的千差万别，同一位作者的摹状景物之作，"山路元无雨，空翠湿人衣"便是清新怡人的山水诗，而"沙平连白雪，蓬转入黄云"却是慷慨悲凉的边塞诗。诸如后者这种描写边塞风光的作品或者散句，在边塞诗中占有相当重要的分量，它们就像是浩瀚黄沙中的星点绿洲，将那伴着大漠风尘而生的诗篇点缀得熠熠生辉。

大漠与长河：山水诗人的边塞图景

王维身为山水诗人，一生中最重要的作品集中在蓝田辋川，然而两次出使边塞的经历，却让他留下了不朽之作，千百年来，抢尽了那些"专职"边塞诗人的风头。

开元二十五年（737），河西节度使崔希逸大败吐蕃，王维奉命出塞慰问并察访军情。这并不是一份荣耀的差事,而是张九龄被贬的株连效应。当年正是张九龄举荐王维任右拾遗一职,如今巢已倾覆,又焉有完卵?就这样,王维被排挤出朝廷,顶着个"监察御史"的身份向着边塞进发,轻车简从,颇有点凄凉的意味。

这个时候,王维还没到而立之年,虽然已经开始潜心礼佛,却依旧有着豪侠般的胸襟。左迁的愤懑之情,随着越来越广阔的天空酝酿成了豪气干云的文字,又发酵成雄壮流丽的诗篇。在千百年后的今天,在早已经全盘西化的学堂中,我们依旧能听到那独属于少年的青涩嗓音齐声念诵,懵懂并虔诚——

使至塞上

单车欲问边,属国过居延。

征蓬出汉塞,归雁入胡天。

大漠孤烟直,长河落日圆。

萧关逢候骑,都护在燕然。

这一首《使至塞上》,连题目也不过四十四字,却在边塞诗中占据了重要地位,譬如名将谱上的霍去病、美人录中的王昭君,与其说非同等闲,还不如说是无法忽视。

从右拾遗至监察御史,按照官职品级来说,相当于从"正五品上"降到了"正八品下",几乎可以用"一落千丈"来形容。监察御史虽说也算有些权限,但终究比不上昔日面圣谏言的风光。没有仪仗,没有排场,甚至没有沿途迎接的繁文缛节,苍凉而广阔的大漠之上，一驾马车孤零零地在天地间切割出寂寞的剪影。千里暮云，万里平沙，使臣的车马成了沧海一粟，每前进一步，就离政治与权力的中心远了一步。亘古的广漠，原本是这无情放逐的旁观者，却因着一句"大漠孤烟直，长河落日圆"，而变得鲜活明朗起来。

"直"与"圆"二字，独立来看，过于简单，也不够雅致，很难想象如何以之入诗。然而与那"大漠孤烟""长河落日"的雄壮意象连用，却又似浑然一体，早已超越了雅俗的界限。大漠无风，自然是青烟直上；长河如带，便衬得落日浑圆，无论怎样解释，都换不出更加合适的字眼。王维落笔之时，"推敲"故事的主人公贾岛尚未诞生，但是他这番"炼字"的功底，却早已给后人立下了无言的丰碑。古往今来，无数文人墨客对其大加褒奖，然而最得其中精髓的是曹雪芹。他不仅借黛玉之口对王维进行赞扬，更让香菱一语道破了摩诘炼字的玄妙之处。

香菱笑道："我看他《塞上》一首，那一联云：'大漠孤烟直，长河落日圆'——想来烟如何直？日自然是圆的。这'直'字似无理，'圆'字似太俗。合上书一想，倒像是见了这景的。若说再找两个字换这两个，竟再找不出两个字来……想来，必得这两个字才形容得尽，念在嘴里倒像有几千斤重的一个橄榄……"

王维诗画并绝，常以画的层次作诗，以诗的意境作画，不仅"诗中有画，画中有诗"，更达到了一种诗画不分的境界。这"直"与"圆"，正是将最直观的画面线条用文字的形式表达，才能够"像是见了这景"。香菱的形容，全然是一派天真，却也道出了王维返璞归真的裁诗境界，也奠定了这首诗在教科书中的地位。于是我们不由喟然叹息：虽然相隔了千年时光，曹雪芹却可以称为王维的真正知音！

似乎是受到王维的启发，许多边塞诗人都将这种图画渲染技法引入自己的作品里，由此诞生了一批十分优秀的摹写边塞景物的诗歌。比较有代表性的是柳中庸的《征人怨》——

岁岁金河复玉关，朝朝马策与刀环。
三春白雪归青冢，万里黄河绕黑山。

绝句只要求后两句对仗，但是本诗两联俱对，音义的整饬使作品充满了弹性与跳跃感，读起来朗朗上口。白雪、青冢、黄河、黑山，拆开来看，只是组成边塞诗的普通意象，但是经过图画技法的组合，就变成了色彩丰富的丹青图卷。比之于沈佺期"白狼河北音书断，丹凤城南秋夜长"这样的色彩更加真实美妙。那一个"归"字，一个"绕"字，虽然雕琢的成分略重，然而一实一虚，倒也相映成趣。

诗与画的结合，让读者产生了所谓的"通感"，即使未能真实见到边塞风物，却也能有感同身受的错觉。如同，披一身落日余晖，在茫茫戈壁之上，远眺黄河，且行，且吟。

白雪与白草：纯净色块之苍凉

前文已经提到的"三春白雪"之句，从一个侧面向我们展示了边疆寒冷的气候特征。在历来的边塞诗中，雪这一意象的"出镜率"委实不低，如卢思道"白雪初下天山外"，李白的"燕山雪花大如席"，高适的"北风吹雁雪纷纷"，李颀的"雨雪纷纷连大漠"等。然而最著名的塞外咏雪诗，还要数岑参的《白雪歌送武判官归京》。

天宝十三载（754），安史之乱尚未爆发，盛唐气象还有点儿繁华的尾巴，边塞战事却已经开始吃紧。那平和苍莽的大漠长河，变成了白雪纷飞的残酷战场，边塞诗自然也随之变得惨淡悲凉起来。岑参在这样的背景下，第二次出塞，到安西北庭做了节度使封常清的判官。他的前任，也就是那位"武判官"随之离任归京，两人交接过后，岑参便写下了这首名垂千古的诗歌。

白雪歌送武判官归京

北风卷地白草折，胡天八月即飞雪。
忽如一夜春风来，千树万树梨花开。
散入珠帘湿罗幕，狐裘不暖锦衾薄。
将军角弓不得控，都护铁衣冷难着。
瀚海阑干百丈冰，愁云惨淡万里凝。
中军置酒饮归客，胡琴琵琶与羌笛。
纷纷暮雪下辕门，风掣红旗冻不翻。
轮台东门送君去，去时雪满天山路。
山回路转不见君，雪上空留马行处。

开篇说八月飞雪，如果对照李白所说"五月天山雪"，我们就可以发现，原来边庭的雪季竟然是这样漫长。正有寒冷之感，岑参却又跟李白的"无花只有寒"唱了反调，春风梨花之喻，让人倏然感觉到拂面的暖意。很显然，这只是诗人在与我们开玩笑，因为接下来，雪就开始纷纷扬扬没有停歇，虽然依旧美不胜收，却是寒意彻骨。

在这样的天气中送别，不仅仅是"悲凉"二字可以形容的，好在有诗人的妙笔，将这不怎么太热络的气氛渲染得情意绵绵。饮酒，奏乐，暮色沉沉，山回路转，送了一程又一程，直到行人的身影隐没在漫天的飞雪中，空留马蹄的痕迹，让送行的人惆怅不已。千百年后的今天，虽然我们难得见到八月飞雪的塞外景致，更加不知那"武判官"的真实名字，却都记住了这样一首情真意切的好诗，记住了雪中立马踟蹰的诗人……

事实上，这首诗中还有一个非常重要的意象，那就是"白草"，这是一种到了秋天就会变成白色的牧草，是塞外独特的风物之一，有些"洵美且异"的感觉，也常常在边塞诗中起到重要的作用。我们可以发现，如果仍然用图画的理论来解释，雪和草都是那种大片涂抹的色块，白色代表纯净，在这不开化的边庭地区，便是原生态的标志。北风肆虐代表大雪将至，绝非"风吹草低"的惬意。"白草"的意象同样出现在很多边塞诗中，单说岑参本人，便有"白草通疏勒""千山万碛皆白草"等十多个单句。人们还喜欢将"白草"与"黄沙""黄云"连用，如刘长卿的"虏云连白草，汉月到黄沙"，卢纶的"白草连胡帐，黄云拥戍楼"等。加入了黄色色块的画面，似乎更加有视觉上的冲击力，视野也更加广阔了起来。

这个时候，不得不再一次提到王维，与《使至塞上》同时期创作的那一首《塞上作》，分明是将白草这一物象所能承载的意境表现到了极致——

> 居延城外猎天骄，白草连天野火烧。
> 暮云空碛时驱马，秋日平原好射雕。
> 护羌校尉朝乘障，破虏将军夜渡辽。
> 玉靶角弓珠勒马，汉家将赐霍嫖姚。

　　塞外围猎，原本常见，却名之曰"猎天骄"，想象却是怎一个奇特了得，这样的起句太过大气，虽然镇得住全篇，却难找下句来承接。然而，正是这塞上俯拾即是的白色牧草，一片一片，铺陈开来，一直蔓延到天际，便成了独特的猎场背景。再加上熊熊烈火，更加有剑拔弩张的氛围。白草覆盖下的"空碛"与"平原"，是跑马射雕逞英豪的好地方，诗中没有正面出现人物，却能让读者深深体会到少数民族健儿的骁勇善战。

　　白草，如同卑微而壮烈的战士，与北风殊死抗衡着，最终被同色的白雪覆盖成万树梨花；与野火顽强搏斗着，最终被烧成千里暮云低垂的荒漠。在绝美中，我们看到了战争的惨烈，同样，也抱着希冀，期待"春风吹又生"的复苏。

　　正如绿洲不可胜数一般，边塞诗中描写景色的诗篇佳句也多得无法尽数采撷。在此仅能举若干耳熟能详的例子加以妄评，以期抛砖引玉，博君一粲耳。

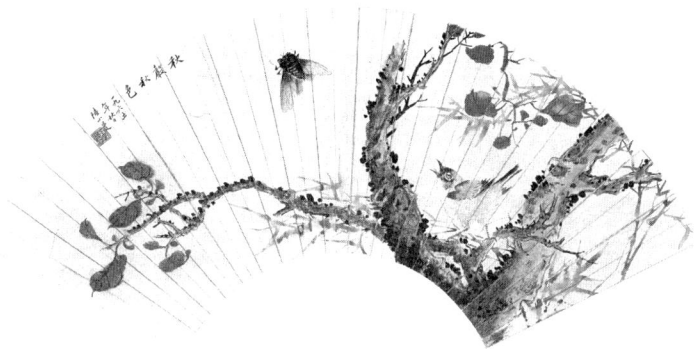

年年战骨埋荒外，空见蒲桃入汉家
——战争是场荒谬剧

古从军行

李颀

白日登山望烽火，黄昏饮马傍交河。

行人刁斗风沙暗，公主琵琶幽怨多。

野云万里无城郭，雨雪纷纷连大漠。

胡雁哀鸣夜夜飞，胡儿眼泪双双落。

闻道玉门犹被遮，应将性命逐轻车。

年年战骨埋荒外，空见蒲桃入汉家。

　　江湖唯有杀伐，恩仇不会快意。战争，死伤只是数字，胜利永远是以涂炭生灵为代价换取的少数人的利益。所谓江山是由白骨堆成的，正是"凭君莫话封侯事，一将功成万骨枯"。纵使战争中充满不可替代的家国主义和英雄情怀，但在这光鲜的外衣下，仍是不容忽视的将士殒命、百姓流离的残酷本质。因此，唐代边塞诗中就发出了一个响亮的呼声，便是反战。唐人李颀便为其中之一。

李颀出生在富人之家，后因结识轻薄子弟，倾财破产。于是开始苦读十年，于唐玄宗开元二十三年（735）考取进士。他性格疏放超脱，厌薄世俗，却与王维、王昌龄、高适等人交友密切。

塞下曲（一）

黄云雁门郡，日暮风沙里。
千骑黑貂裘，皆称羽林子。
金笳吹朔雪，铁马嘶云水。
帐下饮蒲萄，平生寸心是。

塞下曲（二）

少年学骑射，勇冠并州儿。
直爱出身早，边功沙漠垂。
戎鞭腰下插，羌笛雪中吹。
膂力今应尽，将军犹未知。

这两首皆是他的《塞下曲》，同一题名，都是选取了一个侧面描写艰苦的边塞生活，字里行间虽透露着苍凉之感，却并无大的反对之声。而另一首《古意》："男儿事长征，少小幽燕客。

赌胜马蹄下，由来轻七尺。杀人莫敢前，须如猬毛磔。黄云陇底白云飞，未得报恩不得归。辽东小妇年十五，惯弹琵琶解歌舞。今为羌笛出塞声，使我三军泪如雨。"则是从一小妇的角度，描写了三军将士离家辞行的悲戚。

而这首《古从军行》则记叙从军之苦，又充满质疑和嘲讽之声，充满非战思想。万千尸骨埋于荒野，仅换得葡萄归种中原，显然得不偿失。诗人直指战争劳民伤财、生灵涂炭的本质，为将士和底层民众抒发他们生不得归家，亡后遗骨荒野的悲哀和愤懑之情。

白日里登山瞭望有无烽火报警，黄昏时又赶到交河去给战马饮水，战士们背着刁斗在铺天盖地的风沙中行军，惊沙入面，苦不堪言。白日黄昏繁忙，夜里刁斗悲怆，景象肃穆凄凉。接着渲染边陲的环境，军营所在，四顾荒野，大雪荒漠，夜雁悲鸣，一片凄冷酷寒的景象。这一路行来，想起当年远嫁乌孙王的公主一路幽怨的琵琶声，"吾家嫁我兮天一方"的歌声犹在耳。眼前野云万里，荒无人烟，雨雪纷纷而下，前面是一眼望不到边的大漠，将士们也是心伤如焚，"愿如黄鹄兮归故乡"。如此境地，非但离乡远战者如此，就连胡雁也夜夜哀鸣，胡儿也涕泪零落如雨。如此的艰苦极寒，班师回朝却是不行的，只有拼死跟随将军们去打仗，"闻道玉门犹被遮，应将性命逐轻车"。可是这样拼死的结果是什么呢？一年年的将士倒下去，一年年的骨暴尸寒，无非就是换得蒲桃从西域传入中原。

本诗可以说集中体现了战争的残酷无奈，以及弊端严重大于所得利益的本质。一方面是战争中的身不由己和艰难苦恨。唐代诗人极擅长用时间和场景的变换来体现时间的迅急和境遇的突然天差地别，如韩愈的"一封朝奏九重天，夕贬潮阳路八千"，如李颀的"朝闻游子唱离歌，昨夜微霜初渡河"，亦如本诗的"白日登山望烽火，黄昏饮马傍交河"。白日里于烽火还是瞭望的距离，黄昏时便已抵达前线交河。交河是唐时派驻西域的最高军政机构安西都护府的驻地，原本是西域三十六国之一的车师前国的都城，到了西汉时，中央委派"戊己校尉"，设立"交河壁"。李颀以"交河"代指前线。战士们不知此身谁属，战事一起，万里奔走，视若等闲，其威尊命贱之状，不可胜数。诗人又引用玉门事件为典故（据《史记·大宛传》记载，汉武帝太初元年（前104），汉军攻大宛，攻战不利，请求罢兵。汉武帝闻之大怒，派人遮断玉门关，下令："军有敢入者辄斩之。"），帝王的一意孤行造成万人曝骨，其惨烈不忍卒闻。

另一方面，战与不战的两难和无奈，在本诗中也颇有体现。以国家言，战，是行人刁斗风沙暗；和，是公主琵琶幽怨多。以将士言，战，是白骨暴沙砾；降，是终身委夷狄。而战争带给胡人的，也是"胡雁哀鸣夜夜飞，胡儿眼泪双双落"。战争无互利而有百害，徒然使江山为杀戮场，城郭荒废，百姓损折，孙子兵法云"夫兵久而国利者，未之有也"。诚如是哉！

最后一方面，也是本诗的主旨，战争代价如此惨痛，我们的军民和国家得到了什么呢？"年年战骨埋荒外，空见蒲桃入汉家！"这便是代价和收益。战争虽是政治的一种，却不是政治的全部。朝堂上总有万千理由挥军南下，而我们的战士却无贵无贱，同为枯骨；我们的国家也连年损耗，无休无止，边疆上新鬼烦冤旧鬼哭，只博得"蒲桃入汉家"。蒲桃也好，大宛马也好，这些统治者的享用品和玩意儿，是无数春闺梦里人化作无定河边骨换来的，这便是战争！统治者的权力游戏和黎民的劫难！

　　《从军行》是乐府古题，自是源于音乐。此诗全篇一句承一句，句句加紧，直到最后一句，才画龙点睛，显出巨大的抨击力。李颀用"纷纷""夜夜""双双""年年"四个叠字，强调语意，为音律生色不少。

　　唐人写诗常用汉武帝指代唐玄宗，如白居易的"汉皇重色思倾国，御宇多年求不得"，如王昌龄的"白马金鞍从武皇，旌旗十万宿长杨"，运用这种指代的还有著名诗人杜甫的《兵车行》，同是以武皇讽当代穷兵黩武。诗人在"从军行"前加个"古"字，借汉皇开边，讽刺唐玄宗的穷兵黩武造成了将士的极大痛苦和艰辛。它对当代帝王的好大喜功，视人民生命如草芥的行径，加以讽刺，悲多于壮。

　　实际上，唐玄宗错误的开边政策，不仅使唐朝与周边少数民族地区交恶，还使得唐朝国库空虚难以自持，甚至因为兵力外放，使得内部空虚，从而给了"安史之乱"与中唐以后藩镇割据等矛盾产生的机会。这些现象的产生证明了李颀的看法相当超前，也证实了这首诗的现实意义和存在价值。

　　只是可惜，文人的笔杆子还没有武人的一支箭头重，即使在开明的唐代，这样的声音众多又能怎样，还不是天子一怒，帝国扬威。而只有经历了漫长征战的苦难，才会感受到征伐带来的烦扰和罪恶。开明如唐玄宗，最后也因为美人误了江山，因为战争失了民心。少一点欲望，少一点意气，多一点雍容，多一点和平，即便在如今，也是一样的。

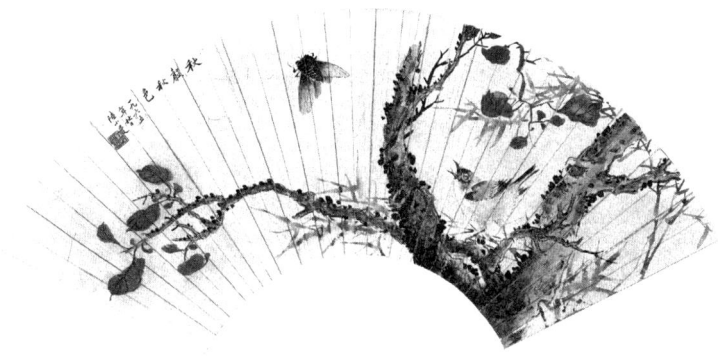

报君黄金台上意，提携玉龙为君死
——那是铿锵的誓言

雁门太守行

李贺

黑云压城城欲摧，甲光向日金鳞开。

角声满天秋色里，塞上燕脂凝夜紫。

半卷红旗临易水，霜重鼓寒声不起。

报君黄金台上意，提携玉龙为君死。

在唐代诗人里，诗鬼李贺堪称异数。他不同于初唐诸诗人的豪气浪漫，也不同于晚唐李杜的秾丽风流，李贺的诗追求笔墨雕琢和境界的奇诡华诞，其诗歌的天才和命运的苦厄使其在唐代诗人里成为一个特殊的存在。他像个长不大的孩子，流连于神话故事、鬼魅世界，用他诡秘新奇的想象，创造云谲波诡、迷离惝恍的奇异世界，抒发好景不长、时光易逝的感伤情绪，就是这样一个病弱早夭的诗人，用他的想象力和笔墨，为我们构织了一幅浓墨重彩而又如临其境的边塞画面。

一般而言，悲壮惨烈的战斗场面应是黑白肃杀的剑影中激射出一抹抹温热的红，如此方能写实而突兀。而李贺这首诗几乎句句都有浓郁的色彩：金色、燕脂和夜紫，不但分明，而且浓艳，它们和黑云、秋色、霜白、玉色交织在一起，构成一幅色彩斑斓的画面。

黑云压城，如墨一片，若写诗如作画，李贺开篇便泼墨而下，给全诗奠定了敌军兵临城下的危急压抑的气氛。黑云压城，一是云脚如墨而低，直逼城上；一是敌军人马众多，来势凶猛，守军困于城中难以转圜。诸般滋味，由视觉而感觉，恰是李贺最擅长的通感。如此重压之下，城下如何呢？"甲光向日金鳞开"，越是云层厚重，在云层缝隙里投射出来的日光越是金红耀目，这金红的日光照耀在城下士兵的甲胄上，灼灼如金鳞。而一"开"字，似有利剑直劈浓云，浓墨云层，阳光直透云隙间，甲胄金光闪耀，构成极强的视觉冲击力，若此诗如画，杀气已透纸背矣。

据说王安石曾批评这句说："方黑云压城，岂有向日之甲光？"其实艺术的真实和生活的真实不能等同起来，敌军围城，未必有黑云出现；守军列阵，也未必就有日光前来映照助威，诗中的黑云和日光，是诗人用来造境造意的手段——即便"黑云压城城欲摧"，然而战士金光闪闪的甲胄却冲开了层层黑云，虽然窒息，却不乏生命力。一个"开"字，让壮士的存在更有意义；一个"开"字，让壮士的报国更加悲壮。

秋色边城，充斥天地间的，除了浓云与杀气，便是角声金鼓了，塞下秋来风景异，天上乌云归雁，地上白露为霜，不战已肃杀之气凛然，何况角声满天秋色里。角声满天，自然是沙场鏖战，可诗人此时未写沙场鏖战，突然笔锋一转，"塞上燕脂凝夜紫"。浓色如浓酒，常可激发人的诸多联想，长吉深谙此道。"塞上燕脂凝夜紫"紧接"角声满天秋色里"一句，先点明季节而后点明时辰，表声而后摹色。一方面，燕脂表面写边塞沉暮夜空凝紫，犹如燕脂，如王勃"烟光凝而暮色紫"也。另一方面，当年秦皇筑城备胡，土色皆紫，故自秦以后，边塞又称紫塞，如此一说，一"紫"字便充满血色萧肃。当年霍去病讨匈奴，匈奴退守焉支山，作歌曰："失我祁连山，使我六畜不蕃息。失我焉支山，使我嫁妇无颜色。"由此边塞诗中出现"燕脂"，不由人不联想到汉军之盛、匈奴之悲壮。

秋季本身就是充满肃杀之气的季节，再加上黑云和号角，至此，诗人已成功绘制了一幅气氛紧张凝重而色彩浓郁的边城景象。阵阵号角直冲云霄，此时的天空声色相交，与前文的层层黑云的重压相应，有种黯然的凝滞。

有角声自然有战事，此一战是"半卷红旗临易水"，红旗半卷，是轻军夜袭而大捷。诗人写"半卷红旗临易水"，不只点名情状，亦与后一句"报君黄金台上意"呼应，点名情由。昔有燕昭王于易水东南筑黄金台，以招天下贤士。今有君子死知己，提剑出燕京，红旗半卷，易水犹寒，将士一出，捷报立传。银鞍照白马，飒沓如流星。如此凝云沉夜之下，舍身取敌，传捷报国，一种令人心驰神往的张力充斥纸上，如一位学者所说的"虽被压抑、凝缩却如钢铁一般坚强的生命力"。

黄金台上青云士，一身报国有万死。曹植当年说"捐躯赴国难，视死忽如归"，古人马革裹尸的英雄梦和士为知己者死的侠气结合起来，便是"誓将报主静边尘，不破楼兰终不还"。值得一提的是，此诗以"死"字作结，节奏凝重紧张的诗，配上决绝险峭的结尾，别有一番慷慨。

李贺生活的时代藩镇叛乱此起彼伏，本诗可能是写平定藩镇叛乱的战争。当时是公元807年，李贺仅十七岁。那样的一个少年，对自己的病弱之身自有哀怨，对激昂慷慨、逆境奋战、誓死疆场的英雄热切向往。他的《摩多楼子》："玉塞去金人，二万四千里。风吹沙作云，一时渡辽水。天白水如练，甲丝双串断。行行莫苦辛，城月犹残半。晓气朔烟上，趦趄胡马蹄。行人临水别，陇水长东西。"便是一首描写艰苦却大气的边塞生活的诗歌。

他一生渴望建功报国却仕途困厄，只能发出"男儿屈穷心不穷，枯荣不等嗔天公"的不甘之声，满怀"男儿何不带吴钩，收取关山五十州"的雄心壮志，却终因忧思过重而在正绚烂的时候戛然终止了这短暂的一生。

可叹其满腹才学，却终究败在了命运手中。

由于李贺仕进无路，体弱多病，因而他一生多激愤多感叹多忧愁，在现实中流离，寄情鬼神之境，心中少有宏大的正气。

他的诗想象力丰富，意境诡异华丽，多用些险韵奇字，"死""老"这样的字常见于他的作品。本诗以"死"结尾虽然苍劲深邃，却终多了鬼气，少了罡气。所以唐人称李白为"诗仙"，称李贺为"诗鬼"倒是真贴切。

　　李白的自由洒脱和李贺的愤世奇诡衍生了两种不同的浪漫诗风，也正因为这些不同的人生和不同的人性，才能造就这样瑰丽多姿的诗文，各物好坏都自有其规律，世间万物大抵如此。

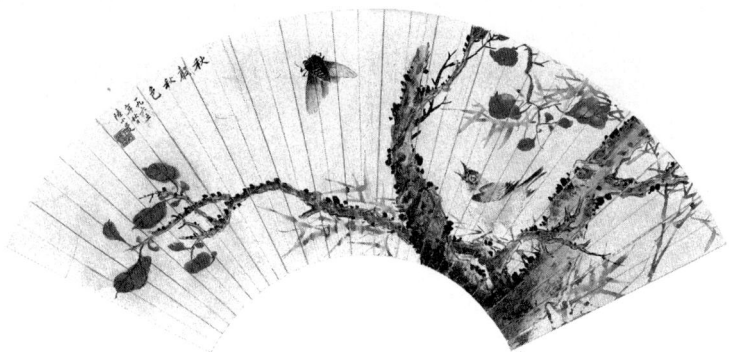

愿将腰下剑，直为斩楼兰
——此生只为你而驱使

塞下曲六首（其一）
李白

五月天山雪，无花只有寒。

笛中闻折柳，春色未曾看。

晓战随金鼓，宵眠抱玉鞍。

愿将腰下剑，直为斩楼兰。

不知有多少诗人，身在中原，心系天山。天山对他们来说，是雪域边疆，是剑胆琴心，是沙场报国，是茫茫乎天地无垠中男儿的梦。前有太白的"五月天山雪，无花只有寒"，后有陆游的"心在天山，身老沧州"，千古繁华万丈豪气终究化为一声"此生难料"，终是光怪陆离中的迷迭，是尘埃落定后的空叹。

李白，字太白，号青莲居士，有"诗仙"之称，是唐朝最伟大的浪漫主义诗人。他的一生尽是传奇，曾"吟开锁闼窥天近，醉卧金銮待诏闲"，令"龙巾拭吐，御手调羹"，更"脱靴力士只羞颜，捧研杨妃劳玉指"，终"宁知江边坟，不是犹醉卧"。他一生不以功名显露，却高自期许，藐视权贵，肆无忌惮地嘲笑以政治权力为中心的等级秩序，以大胆反抗的姿态，站在盛唐政治文化的巅峰上酣畅淋漓地大笑，仰首灌下一盏玉露琼浆后洒然泛舟而去。

太白的诗雄奇飘逸，艺术成就极高。时人赞他"笔落惊风雨，诗成泣鬼神"，这也是他的诗歌最鲜明的艺术特色。在他的千余首诗作中，乐府、歌行及绝句成就最高。其歌行，全然打破了此前诗歌创作中的一切固有模式，空中生花，笔法莫测，达到了任气随性而摇曳多姿的高妙境界，如《北风行》：

烛龙栖寒门，光曜犹旦开。日月照之何不及此，唯有北风号怒天上来。燕山雪花大如席，片片吹落轩辕台。幽州思妇十二月，停歌罢笑双蛾摧。倚门望行人，念君长城苦寒良可哀。别时提剑救边去，遗此虎文金鞞靫。中有一双白羽箭，蜘蛛结网生尘埃。箭空在，人今战死不复回。不忍见此物，焚之已成灰。黄河捧土尚可塞，北风雨雪恨难裁。

且看其诗句行云流水一气呵成的流畅程度，以及长短句式的使气任指，还有场景切换的自在从容引人入胜，真真是人不在诗外，诗尽在心中。在立意上，这首《北风行》也是一首描写从军生活及征战之苦的边塞诗，不仅有思妇的哀切，又有物是人非的遗憾，更有埋骨边陲的苦恨，寥寥数语，承转糅合得自在随心，却又意蕴深远。

再看其绝句，清新明快，飘逸洒脱，能以简单明了的文字表达出绵密深彻的情思，如《关山月》和《子夜吴歌》：

关山月

明月出天山，苍茫云海间。
长风几万里，吹度玉门关。
汉下白登道，胡窥青海湾。
由来征战地，不见有人还。
戍客望边色，思归多苦颜。
高楼当此夜，叹息未应闲。

子夜吴歌·秋歌

长安一片月，万户捣衣声。
秋风吹不尽，总是玉关情。
何日平胡虏，良人罢远征。

同为边塞诗，此二章都从侧面描写了征战中的离人之苦，其"意愈浅愈深，词愈近愈远，篇不可以句摘，句不可以字求"，真乃慷慨天成，民歌本色。轻描淡写地勾勒出家中妇人与边陲战士的相思及不得见，用字平和，清淡而深刻，仿若一声遥远的叹息，轻柔悠长，却让闻者不忍。

太白这种自在随心毫无章法可循的写作风格正是源自他跳

脱反叛的性格，他有强烈的自我表现欲，感情的表达具有一种排山倒海、一泻千里的气势。他又有一双清透高贵的眼，不容半点污渍，看尽人间美色，于是他描绘的自然风光，雄奇奔放，俊逸清新，不落凡尘。他抨击的时政揭露的现实，洞幽烛微，入木三分，尽展他的愤怒和嘲讽；他抒发的理想抱负，矢志不渝地追求"谈笑安黎元""终与安社稷"，最后毅然摘下官帽回到广大山川之中，留下"仰天大笑出门去，我辈岂是蓬蒿人"的洒然身姿。而这首《塞下曲》，便是这样一首描绘风光，展现现实，抒发理想的诗篇。

《塞下曲》出于乐府诗《出塞》《入塞》等曲。多写边塞军士们远离京都，衣食住行一切从简不说，还将战时的艰难奔命，闲时的严阵以待，刀头舔血马上颠簸的生活描写得淋漓尽致。而这种题材到了太白手里摇身一变就美得清新脱俗起来。他独辟一格，硬是把这边塞生活写得既豪气酣畅，又浪漫飘逸。

他的开篇如天山般巍峨而居高临下，如《关山月》的"明月出天山"，如本诗的"五月天山雪"。五月的天山，仍是积雪浮云端，既无雪花飘摇，亦无春花绽放，只有逼人的寒气弥漫在天地之间。"五月天山雪，无花只有寒"。直言眼前无花，是因为心里藏着江南的锦绣春色，心下不由比较，哦，无花只有寒。此时的中原已属初夏，而天山依旧"只有寒"，以此可见其余三时当是如何的料峭了。此二句举轻而见重，举一而反三，语淡而意浑。同时，"无花"紧启"笛中闻折柳"，"折柳"即《折杨柳》曲的省称，相传为汉代张骞从西域传入《德摩诃兜勒曲》，李延年因而作新声二十八解，充当武乐，后人多用此作伤春惜别之辞，其中怀念征人之作尤多，一如"此夜曲中闻折柳，何人不起故园情"。

边塞地广而荒，放眼望去尽是土黄。春季已经过去，竟无半点花枝点缀，将士们在营中逡巡，忽然听到若有若无的笛声，仔细分辨，竟是这首惜别之曲。笛中杨柳依依，眼前雪域万丈。将士一面思乡情切，一面金戈铁马。循声望去，一张沾染了风霜的年轻脸庞正执笛而演，老兵看着他又想到自己的曾经，想到自己的家乡，想到自己的妻儿，不禁心绪难平，抬头看看苍蓝的天空，只能把牵挂放到那路过的飞鸟身上，即便眼前"春色未曾看"，但只要家乡春意盎然就足够了。这句看似写边地闻笛不见春色，实则话外有音，意谓眼前无柳可折，花明柳暗乃春色的表征，"无花"兼无柳，也就是"春色未曾看"了。这四句意脉贯通，措语天然，结意深婉，不拘格律，如古诗之开篇，前人未具此格。

沈德潜在《说诗晬语》中评此四句"一气直下，不就羁缚"，这也是李白的真实写照。他一生"不屈己、不干人""平交王侯"，即便几度大起大落也极尽自在逍遥，正如他在诗中所说："昔在长安醉花柳，五侯七贵同杯酒。气岸遥凌豪士前，风流肯落他人后！""揄扬九重万乘主，谑浪赤墀青琐贤。"他被权贵追逐供奉，金玉生活，却也发出"黄金白璧买歌笑，一醉累月轻王侯""珠玉买歌笑，糟糠养贤才"的嘲讽。他受帝王的恩宠厚爱，身处旋涡中心却敢坦言"大车扬飞尘，亭午暗阡陌。中贵多黄金，连云开甲宅。路逢斗鸡者，冠盖何辉赫。鼻息干虹霓，行人皆怵惕。世无洗耳翁，谁知尧与跖！"而在《梦游天姥吟留别》中，他发出了最响亮的呼声："安能摧眉折腰事权贵，使我不得开心颜！"于是，至此他找回了属于自己的闲云野鹤自由心，从此"海阔凭鱼跃，天高任鸟飞"。

接着说诗句。由于战事紧急，战士们常常拂晓便随着军鼓声拉开一整天的厮杀序幕，怀着一去不返的决心，或是战死沙场马革裹尸，或是侥幸活命隔日再来，反正总是要为身后的那片疆土不断向前。鏖战结束，鸣金收队，回到营地哪怕是休憩亦是枕戈待旦，怀抱马鞍，随时准备着冲锋陷阵。在战士的字典里，生命就是一场无止境的战斗，没有片刻的停歇，战鼓一响，便是杀敌。诗人以片段写全景，只截取"晓""宵"两个场景，反映战事的紧急，和将士军纪严明，时刻准备投入战斗的精神。"晓战随金鼓，宵眠抱玉鞍"，变幻的场景，紧张的节奏，使人不由自主相信这是一支疾行如风侵掠如火的队伍。

古时行军，用鸣金击鼓的方式来整齐步伐，节止进退。这里写"金鼓"，则是为了烘托紧张的气氛和严肃的军纪。本来，"宵眠枕玉鞍"会更加写实，而这里一个"抱"字，紧张状态跃然纸上，似乎一当报警，"抱鞍"者便能立即翻身上马，奋勇出击。而仅以"五月"概四时，以及仅以一"晓"一"宵"来勾勒全天生活，可见太白用字行文之妙。直至此时本诗都在描写边塞生活之艰苦，似有怨思，不防末二句却陡然一转，画风突变：即便行军打仗的这一切艰辛寂寞，边疆将士仍是为国效力满腔热血豪情如许，愿以腰下剑，大破楼兰国。

关于"斩楼兰"，这里有个典故，却说楼兰王贪财，屡遮杀前往西域的汉使，傅介子受霍光派遣出使西域，以金帛财宝诱楼兰王至帐中，斩其首而还朝，为国立功。因此，太白是在用典表达边塞将士的爱国激情："愿将腰下剑，直为斩楼兰。""愿""直"两字，意态轩昂，慨当以慷，足以振全篇。

"愿将腰下剑，直为斩楼兰"是全诗点睛结穴之处，生动有力，苍凉雄壮，意境浑成。这写法与"黄沙百战穿金甲，不破楼兰终不还"有异曲同工之妙。

在边疆将士心里，保家卫国是一种高于一切的使命感和荣誉感，在漫长的军事操练和无尽窒息的凶恶战事里，真正支撑他们的是同泽之情，是对家乡的思念。有人说"无欲则刚"，也有人说"有欲愈强"，因为人一旦对某件事产生了执念，往往会创造出绚丽绝伦的生命奇迹。

太白是雄心万丈的浪漫主义者，他的浪漫和他的豪情，在历史的天空中交织成一幅耀眼的风景。他写天山，美而高远，一种空旷的距离感，使这豪情如长风回环，大有施展的余地和给人以想象体味的空间。太白是很有意思的人，他的诗总是有一种堂皇的美和气度，在江湖，便是鲜衣怒马，睥睨王侯；在庙堂，便是玉堂金马，锦绣文章；在沙场，便是金鼓玉鞍，豪气干云。他自有琼珠碎玉的文字来描摹他的逸气豪情。此时，他的笔下是一支凌厉凶猛的队伍，这支队伍将士一心，不惧天寒战事险，只愿以七尺之躯，酬国家之难。他们征战天山，锋芒毕露，他们没有"心在天山身老沧州"的书生之怨，而是以自己的实际行动，去履行保家卫国的宏愿，剑指楼兰，马踏匈奴！

才情有很多种，但是浪漫主义者的才情，绝对是容易让人倾倒目眩的一种。唐代的边塞诗是历代边塞诗之集大成者，王昌龄、王之涣、高适、岑参各有所长，但窃以为能把边塞诗也写得如此浪漫飘逸的，当是非太白莫属了。

下附另五首：

天兵下北荒，胡马欲南饮。
横戈从百战，直为衔恩甚。
握雪海上餐，拂沙陇头寝。
何当破月氏，然后方高枕。

骏马似风飙，鸣鞭出渭桥。
弯弓辞汉月，插羽破天骄。
阵解星芒尽，营空海雾消。
功成画麟阁，独有霍嫖姚。

白马黄金塞，云砂绕梦思。

那堪愁苦节，远忆边城儿。
萤飞秋窗满，月度霜闺迟。
摧残梧桐叶，萧飒沙棠枝。
无时独不见，流泪空自知。

塞虏乘秋下，天兵出汉家。
将军分虎竹，战士卧龙沙。
边月随弓影，胡霜拂剑花。
玉关殊未入，少妇莫长嗟。

烽火动沙漠，连照甘泉云。
汉皇按剑起，还召李将军。
兵气天上合，鼓声陇底闻。
横行负勇气，一战净妖氛。

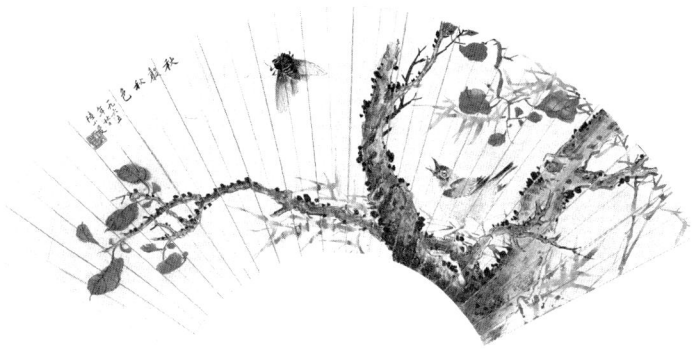

支离瘦骨挥重剑，无情有恨堪叹惋
——谁是人间惆怅客

　　若将唐诗比作一片玉树琼林，其中有一株奇葩，便是《昌谷集》。诗人李贺为诗之真呕心沥血者，他以透支生命为代价，在人生的短短二十七年间，创造出大量奇光异彩的诗作，若说别人的诗是柳外莺声，那他的诗无异于杜鹃啼血。

　　李商隐所作的《李长吉小传》中记载他："恒从小奚奴，骑距驴，背一古破锦囊，遇有所得，即书投囊中。及暮归，太夫人使婢受囊出之，见所书多，辄曰：'是儿要当呕出心乃已尔！'上灯，与食，长吉从婢取书，研墨叠纸足成之，投他囊中。非大醉及吊丧日率如此，过亦不复省。"又有书记载李贺七岁"能辞章"。李贺无疑也是早慧的，但这早慧与王维的又不同，王维的早慧是张三丰运太极，得心应手，圆通自如，而李贺则是谢逊的七伤拳，出手时声势煊赫炫人眼目，自身却肺腑皆伤。回顾诗歌的历史，长吉是一个奇异的影像，他以瘦骨嶙峋挥浓墨重彩，略显支拙，却别有一番支绌的美和决绝。

李贺的好诗不在人间，在天上和他的心里。他短暂的人生没有为他提供丰富的历练和写作素材，但入世之浅未必不成就他的想象之深。如王国维《人间词话》所言："客观之诗人，不可不多阅世。阅世愈深，则材料愈丰富，愈变化，《水浒》《红楼梦》之作者是也。主观之诗人，不必多阅世。阅世愈浅，则性情愈真，李后主是也。"和大多数人相比，长吉阅世无疑是浅之又浅的，故加倍得益于其"性情愈真"，他孤僻的性情和对章句苦心孤诣的追求像两股强劲的风，使他的诗别有一番浓妙冷绝、词幽意奥的风味。唐诗中写山水景致的诗篇不计其数，但如长吉一般只凭想象便把天上仙境写得历历在目情景犹真的想必不多，如这首《梦天》：

梦 天

老兔寒蟾泣天色，云楼半开壁斜白。
玉轮轧露湿团光，鸾佩相逢桂香陌。
黄尘清水三山下，更变千年如走马。
遥望齐州九点烟，一泓海水杯中泻。

月凉如水，若老兔寒蝉相对而泣，月宫里云锁重楼，寂寂半开，斜光穿户，映壁生白。满月皎皎如轮，轧轧而过，露湿光朦。如此情境下，听闻鸾佩轻响，诗人与嫦娥相逢在桂树飘香的小径上。月宫里韶光迟迟，下望人间，却是沧海桑田朝朝变，千年宛如白驹过隙间。而昔时广博的中国，其衮、冀、青、徐、豫、荆、扬、雍、梁州，此时观之，不过如同九点烟尘。而昔时浩瀚无边的大海，在此刻也犹如一泓水倾泻在杯中。

寻仙遇美人，登天逢仙姝，似乎是历代文人的梦想，如曹操的《气出唱》："乘云而行，行四海外。东到泰山，仙人玉女，下来遨游"；陆机的《前缓歌声》："北征瑶台女，南要湘川娥"；郭璞的《游仙诗》："灵妃顾我笑，粲然启玉齿"；鲍照的《白云行》："命娥双月际，要媛两星间"；王融的《游仙诗》："命驾瑶池隈，过息嬴女台"。不过与这些诗人不同的是，长吉此处，对嫦娥形态表情不着一字，旁观者并不知此佳人是含笑抑或凝睇，只说"相逢"。品之似有诗人叩宅唐突而怯然，嫦娥逢其无喜无忧清冷如故。此诗之一贯冷色调，不似其他游仙诗，诗人与仙媛一见便如襄王神女一般，金风玉露一相逢，两厢欢喜。长吉此处不着笔墨，却着笔尘世，以尘世之变，写光景西流之速。曹植曾言"惊风飘白日，光景驰西流"。而长吉跳脱出尘世外，寄眼于寥廓天界，感叹尘世之光阴易逝，世变无涯。

长吉笔墨有阴影，似乎命运给他逼仄的人生设置的种种障碍，皆投射到他的笔墨中，使他的诗透着一种光怪陆离鬼气幽幽的氛围。究其原因，许是缘于诗人在有限的生命中与命运频繁的冲突和抗争。

诗人是早慧而努力的，少有诗名，十八岁所作《雁门太守行》大得韩愈青眼。也因其早慧，某些方面诗人如孩子般热烈而固执，但是赤子之心成好诗易，行尘世难。谁说过的，早熟的人也晚熟。因其过早地顺遂、骄傲和自视甚高，他的这些特点和世俗碰撞时，便往往玉碎难全，诗人便是明证。在长吉心里，自己胸中才华笔底千秋，一入仕途便可轻易封侯拜相青云直上的。他少年的梦是脱白着青，步入仕途，"太行青草上白衫"。但命运并没有给长吉一条顺遂的青云之路。应试受挫，只做了三年地位低微的小官，这对于长吉来说，打击是摧毁性的，再加上穷困潦倒，羸弱多病，这些无不加重了诗人的苦闷和沉沦。

早些年，诗人的不平还是积极和富有希望的，纵"我有迷魂招不得"，也畅想着"雄鸡一声天下白"。且自勉的"少年心事当拿云，谁念幽寒坐呜呃"句意多积极。可现实并没有因为诗人的积极自勉便好转起来，除了贫寒小吏，仕途再没有给长吉丝毫机会。辗转飘零的长吉"二十心已朽""梦泣生白头"，诸多磨折后，他求仕不成，求仙无望，转而鬼泣矣。

南山田中行

秋野明，秋风白，塘水漻漻虫喷喷。
云根苔藓山上石，冷红泣露娇啼色。
荒畦九月稻叉牙，蛰萤低飞陇径斜。
石脉水流泉滴沙，鬼灯如漆点松花。

秋夜原野，月白风清，萧索清冷的美，塘水清深，虫鸣喷喷，岩石上苔藓湿绿，映着一旁的红花瑟缩可怜。荒田里的稻谷横七竖八地叉丫着，田埂横斜，几只残萤缓缓低飞，暗夜幽然，石缝间有泉水流出，滴落在沙地上，声音细宛幽咽。远处的磷火闪烁着绿幽幽的光，仿佛松花一般。

《南山田中行》本是写山野景致，但是经诗人笔墨摹画，别有一番奇诡森然之境，且本诗层次渐进，仿佛可以随着诗人渐行渐远，而夜幕渐深，诗篇越发鬼气浓重，方扶南曾说"此诗亦似陆机入王弼墓，然而妙"。又关于此诗，姚文燮的解读极具美感："桂魄皎然，野风爽朗，水静蛩吟，苔深花湿，方蕙低垂，流萤历乱，石泉声细，磷火光微，陇上行吟，情思清绝。"

长吉使笔，必求尽态极妍，尤其写鬼神诗，所选意象必冷极而近鬼蜮，词句必极端而极富一种哀绝低回的张力，究其根本，唯"呕心沥血"四字而已。

尼采谓："一切文学，余爱以血书者。"

读长吉的诗，青春、苍老、激情、忧伤，以及超越忧伤的哀绝，对于长吉而言，世事磨折，沥血为诗，如此种种，焉得不速老？可对于我们这些后世读者，我们所看到的，是灿烂的生命能量拥挤在有限的岁月和逼仄的人生中，喧嚣、翻腾、激荡，充溢着涌向四面八方的激情和力量。

高晓松曾经有首写给同样早夭的诗人顾城的歌《月亮》：

一直到星星闭上眼睛/一直到黑夜哄睡了爱情/一直到秋天欲说又远行/一直到忽然间你惊醒/一直到忽然间……/大雨如注风在林梢/海上舟摇楼上帝招/你知道他们终于来到/你是唱挽歌还是祈祷/有一天孩子们问我/那本书写的是什么/我说什么我说什么/我为什么我为什么/唱起了歌我唱起了歌/那一天落山风吹过海洋/那呜咽声仿佛少年泪光/有多少人会打开窗/有多少人痴痴地望/那么蓝的月亮那遥远的月亮

听这首歌的时候，会不由得想到李贺，想到同样的才华和早夭，想起一切对文字的尊重和热爱，想起一切大爱、沧桑、破立、终结或者开端、最终的审判。里尔克《怎样的时辰》《吉檀迦利》背后冥冥的力量，一切把"时刻"镀上宿命庄严的金光，一切的一切在那里等待着被结束、被审判、被承认、被流传。

而当这结束的一切被重新唤起——"有一天孩子们问我，那本书写的是什么"，那是怎样的时刻？仿若诗人重新醒来，带着梦境的悠远和死亡的忧伤。时光流转、盛世重现，有什么在拨动心底那根老旧琴弦，此刻，见证和怀念的我们，会不会是眼含泪光，深深地重温和膜拜那蓝色的风和月亮！

诗人已矣，有歌当挽。

小时候，看过一个故事，说余叔度生前有许多诗作，但是从来不示与人，当他死时，用诗稿铺满自己的墓穴。那时起，小小的意识里便相信，真正的诗作是和死亡和埋葬联系在一起的，至纯至美，便是至死至生，而流传下来的一切，若是经历过湮灭和毁坏，便越发相信它的真实和悠久。许多年之后，知道了一个词，叫作：涅槃。

如是。

有时会想，这是不是源于至深的骄傲和信任，我们像迷信文字一样迷信时间，相信有一天所有的文字都将面对最庄严的审判和加冕！

相信所有的文字都要经历时间的淬炼，它们被埋葬、祭奠，终至涅槃、不朽……

沈庆的"在那片青色的山坡我要埋下我所有的歌，等待着终于有一天它们在世间传说"，亦如是。

我们相信并等待那个时刻，我相信时间便是诗歌的方舟，我等待着我等待的一切被重新尊重和流传，那时：

有多少人会打开窗
有多少人痴痴地望
那么蓝的月亮
那遥远的月亮
月亮

我爱的诗人早已去了，也许还有无数的文字在等待着被出土和埋葬。

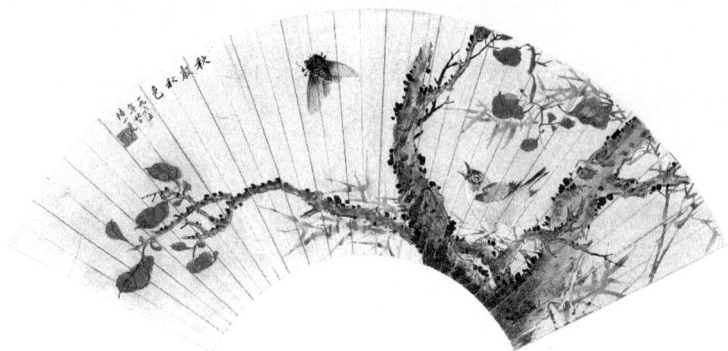

君不见沙场征战苦，至今犹忆李将军
——难得明主献衷心

燕歌行

高适

汉家烟尘在东北，汉将辞家破残贼。

男儿本自重横行，天子非常赐颜色。

摐金伐鼓下榆关，旌旆逶迤碣石间。

校尉羽书飞瀚海，单于猎火照狼山。

山川萧条极边土，胡骑凭陵杂风雨。

战士军前半死生，美人帐下犹歌舞！

大漠穷秋塞草腓，孤城落日斗兵稀。

身当恩遇恒轻敌，力尽关山未解围。

铁衣远戍辛勤久，玉箸应啼别离后。

少妇城南欲断肠，征人蓟北空回首。

边庭飘飖那可度，绝域苍茫更何有！

杀气三时作阵云，寒声一夜传刁斗。

相看白刃血纷纷，死节从来岂顾勋？

君不见沙场征战苦，至今犹忆李将军！

狼烟四起，鼓声震天，寒风萧瑟，战云密布。沙场上的喧嚣声、拼杀声、兵器交接声不绝于耳，原本黄色的沙土已变成了深褐色，广袤的土地上尸横遍野，满目疮痍。

这一切是怎么开始的？——八年前的初夏，契丹族可突汗杀死国王李邵固，并胁迫奚族叛唐降突厥，至此唐朝与契丹、奚族的战争拉开了序幕。

久战必乏。也许一开始将士们还抱着满腔热血，文人墨客还怀揣着理想纷纷弃笔从戎，打了胜仗举国欢庆，吃了败仗战意更强——但是八年的时光，足够千百家庭感受到离别之苦，亡人之痛；足够万千将士产生麻木疲乏之感，和平之望；足够使一些文人从狂热中清醒，放低视线回到民间疾苦中，发出强烈的嘲讽和质疑。

高适便是其中一员。他字达夫，一字仲武，唐代著名的边塞诗人。他笔力雄健，气势奔放，盛唐时期所特有的奋发进取、蓬勃向上的精神在他身上很好地体现出来。他少年时贫困，却有游侠之风，一心希望能够建功立业。看他字"仲武"便知，当年弃笔从戎的雄心壮志肯定有他一份，然而在开元二十六年（738），战争开始的第八个年头，他这个热衷功名的年少书生终于变成了军队的冷面判官，对着天子皇城发出了他此生最响亮的声音。

《燕歌行》据传是曹丕所创，属于《相和歌》中的《平调曲》，曹丕的两首《燕歌行》都是写女子秋思，因而后人也大都学他作闺怨诗。将《燕歌行》赋予边塞题材的第一人便是高适，他独辟蹊径，用旧题写新事，给乐府题材注入了新的活力。

另一个需要指出的地方是，关于诗首的小序："开元二十六年，客有从御史大夫张公出塞而还者，作《燕歌行》以示适。而感征戍之事，因而和焉。"其中张公指的是幽州节度使张守珪，曾拜辅国大将军、右羽林大将军，兼御史大夫。开元二十四年（736），张守珪派安禄山讨奚、契丹两地，结果"禄山恃勇轻进，为虏所败"。二十六年，幽州将赵堪、白真陀罗矫张守珪之命，逼迫乌知义再次出兵讨奚、契丹，结果先胜后败。"守珪隐其状，而妄奏克获之功"。高适对相隔两年的两连败感叹颇多，心下激愤，因写此篇。他一面谴责在皇帝的鼓励下骄傲轻敌的将领的荒淫失职，造成战争失败，使广大兵士受到极大的痛苦和牺牲；另一面却是同情广大兵士，讽刺和愤恨不恤兵士的将军。

这首歌行一共十四句，分为四大块，分别描写了出师、开战、望归与殉国。完整得似乎放映了一场跨越时空的剧目，从鲜衣怒马到折戟沉沙，从翘首望归到黯然伤逝，短短十四句，浓缩的是一国百姓的心酸血泪。

东北方战事骤起，全国青年男儿征召入军，去往遥远的未知地追击残寇。临行前，点将台上，天子特赐光彩，年轻的将领满脸荣光，不掩得色。昔日樊哙在吕后面前豪言"臣愿得十万众，横行匈奴中"时，季布便斥责他欺君当斩，可见"横行"便是恃勇轻敌的代称，"男儿本自重横行"本身便已含贬义。唐汝询对此二句的评论是："言烟尘在东北，原非犯我内地，汉将所破特余寇耳。盖此辈本重横行，天子乃厚加礼貌，能不生边衅乎？"

也说明此理。既有娇宠将领的天子，又有得宠而骄的将领，轻敌铩羽的结局也全然不出人意料了。旌旗大展如乌云盖天，鼓角齐鸣似雷声滚滚，一路声势浩大地逶迤而至。可笑的是残寇如狼似虎，百万雄师却伤亡惨重，羽书飞驰，猎火照夜，鲸吞蚁噬，兵力不支。最后"看明王宵猎，骑火一川明，笳鼓悲鸣，遣人惊"！

军队行到无险可凭的开阔之地，胡军铁骑如暴雨狂袭，汉军奋起反击，顿时天昏地暗不辨死生，而此时，将领们却在安全的后方丝竹声声美女如云。喊杀声与琵琶语，生死肉搏与广袖细腰，暖帐中软玉温香，沙场上金戈铁马，强烈地对比出了将领与士兵的不同处境，亦揭露了其中尖锐的矛盾。大漠衰草，落日孤城，残兵败将收紧了战阵，背靠背地僵持着，空气一片凝滞。这时候的将领们终于意识到自己轻敌，可大势已去。

城南少妇倚门翘首，但那"边庭飘飖那可度"？蓟北征人颓然低头，毕竟"绝域苍茫更何有"！她看着天气又冷了，手上的棉衣却不知该为谁添。她那咿呀学语的孩童睁着澄澈的眼眸问她要"爹爹"，她低下身去轻轻地抱温柔地哄，眼泪却悄无声息地滑落碎成一地晶莹。此去经年，相失万里，再见已无期。白日里是"杀气三时作阵云"，夜间唯有"寒声一夜传刁斗"，那骄奢的将领们，可心下有愧。

最终的最终，他们"相看白刃血纷纷，死节从来岂顾勋"。可悲又可叹的战士们，为着最朴实的信念，迸发出莫大的勇敢。相比之下，那些将领还有何颜面炫耀自己的"累累战功"。

从古至今所有的战士只有一个天职，便是服从命令听指挥。当你成为一名战士的时候，你就已经抛开了一切思考，你的人生观价值观甚至你的曾经你的感情都不重要了，你就是一台战争机器，所需要的就是挥刀向前冲，没有恐惧不忍，也没有嗜血和狂热，只有对命令毫无条件没有评判地服从。

但是一个军队最强大的地方在于军魂，而将领则是形成军魂的关键所在。将领的人格魅力影响着整个军队的气质。儒将、智将、仁将、勇将、鬼将或者铁将，每一种都各有特色。将领是士兵们的第二个父母，他们主宰着士兵的生死前途，他们是军队中的帝王，掌管着铁柱铜台之下的一方王国。

那些士兵，却不曾预料到这样的未来。他们也许只是为了响应天子的激昂陈词，为了十年寒窗后心中憋闷的文人豪气，为了不空归夜月魂，便将自己的青春热血洒在了这片不属于自己的土地上。可怜这满腔热血最终只是零落成泥，不留一点痕迹，反成他人笑柄，生命流逝化成了数字变成了耻辱，被人印在身上时刻想被抹去，竟然没了最后的尊严，没了存在的意义。

士兵们舍生忘死为的不是金钱权力，也不是骄奢淫逸，为的是国家大义，为的是保护家乡或者仅仅是苟活。他们染满鲜血的手曾经也放飞过受伤的白鸽，战场的上空，盘旋的乌鸦低声哀鸣，白雾升腾，仿若逝者洁白的灵魂在游走，发出哀切的啜泣和呼唤。可是想起了家中年迈的父母无人养，稚嫩的孩童无人教，新婚妻子无缘见。那千里之外的村落里，他所挂念的亲人是否听到了这生命轰然坍圮的巨响，是否莫名地感受到诀别而黯然泪下。

大国扬威之下，有多少小家的白骨堆砌。

人生一世，有的人想死在床上，有的人想死在战场上，有的人则不在乎死在哪里，只想死在心所极处、目所穷处、山之绝顶、沧海尽头，而最好的，莫过于为自己值得的活过，最终死得其所。

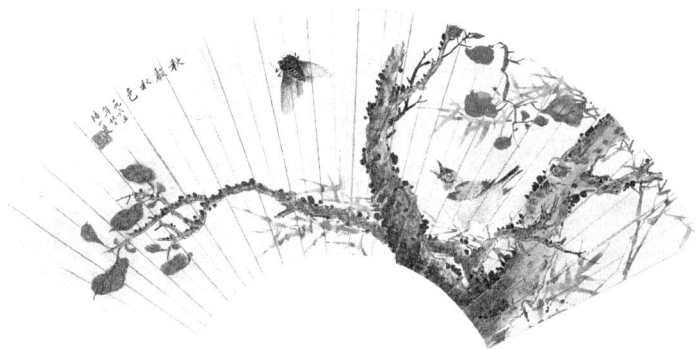

凭君莫话封侯事，一将功成万骨枯
——一颗棋子的尊严

己亥岁之一

曹松

泽国江山入战图，生民何计乐樵苏。
凭君莫话封侯事，一将功成万骨枯。

历史是由一次又一次的战争相连而成，人的天赋就是进行永无息止的战争。从秦朝大一统吞六国定文字开始，名为"一统天下"的霸业始终占据在帝王心头。千古风流，浪花滚滚，一场场血雨腥风之下，掩埋了多少累累白骨。

"凭君莫话封侯事，一将功成万骨枯。"

每次看到这句话的时候都会忍不住心下一颤，眼前立刻浮现起万千白骨垒起的摇摇欲坠的荆棘王座上，将军高高在上，春风得意、金刀大马地坐着，脚下却被万千只形容枯槁的手臂紧紧缠绕着往下拉扯的场景。残酷、伤痛、嘲讽、怨恨而可悲。

这首诗写在安史之乱以后，晚唐时战乱四起，由北方蔓延至中原，到唐末又因为官逼民反激起大规模农民起义，大江以南也被战乱波及。举国皆战，举目皆兵，哀鸿遍野，横尸满地。饥饿、寒冷、流离、疾病，欺压与反抗，掠夺和反抢，屠虐和仇恨，求生与死亡，每日都在上演，每刻都在轮回。

在这兵荒马乱死生难料的日子里，往日打柴割草那样艰辛无趣的时光都让人羡慕和怀念。"宁为太平犬，勿为乱世民！"在这样一个生灵涂炭的世界上，活着本就足够艰难，还敢奢望什么安乐呢？老百姓从来都是最无辜的受害者，天子打着"民本"思想的旗子进行管理，实际上不过是一群能产毛的温顺羔羊，平日里温柔呵护，需要时耐心搜刮，必要时铁腕政策，反抗时冷血镇压。那些年轻的男子哪知道征战时的热火朝天温暖不了打仗时的天寒地冻，哪知道自己的黯然殇逝却只能为敌军添上一笔战勋。古人征战时以人头记战功，这种鼓励杀伐的态度造成许多屠城的惨案。那名将的显赫官名是用自己的战士和敌军战士的鲜血描绘的，浸满了仇恨杀戮和绝望的情绪。

乾符六年（879）时，唐朝镇海节度使高骈被派往淮南镇压黄巢起义军，他的"功绩"累累，受到天子封赏，仅仅是"功在杀人多"而已，一面倒的战争，屠掠手无寸铁的百姓，并以杀人之多而沾沾自喜，实在令人闻之发指，言之齿冷。更有甚者，为了谎报战功，屠杀敌方手无寸铁的平民充数，那些定格在绝望和不解上的脸庞，就是铁一般的罪证。

"凭君莫话封侯事"道出了多少百姓心中的酸楚之情，"一将成名万骨枯"又写出了多少斑斑血泪。这样的感慨自然不止曹松一人发出过，"可怜白骨攒孤冢，尽为将军觅战功""将军夸宝剑，功在杀人多""士卒涂草莽，将军空尔为"等，诗人们尖锐地揭露出时政的罔顾人命与厌战的情绪。

曹松本人也很有意思，他学贾岛苦吟，自有一种清苦澹宕的风味。他一生在战乱中骑驴奔走，"平生五字句，一夕满头丝"便是他的写照。他字梦徵，晚唐诗人，在那样一个黄巢起义、朱温乱唐、五代十国初立的乱世之中，他这么一个文弱书生可没有被"造英雄"，而是一个被湮没在历史狂流中疲于奔命的小人物。他先后到过洪都、江浙、福建、广西等地，几乎踏遍了中原的各地。所以他敢一上来就说"泽国江山入战图，生民何计乐樵苏"。这漫长的流浪生涯，让这个骑着毛驴，身形瘦弱，面容疲惫的秀才在颠簸中从青年走到暮年。他走走停停，感时吟诗，疲时小憩，驮着那箱宝贝书籍，做着他中举为官的梦。年逾七旬的他终于中了进士，巧的是同为进士的另外四人也尽是古稀老人。他先任校书郎，后任秘书省正字。可惜只做了两年官，他便与世长辞了，不过到底也算是圆了他的梦，走了个完满的圆。

战争让这样一个一心想报效朝廷的人发出了悲鸣，他看到血染的唐朝开国之盛世，看到破败的金銮殿前倒下的旌旗，每个朝代的人踩着血路杀上王座，苦心打造一个更牢固的开明盛世，再野蛮地向未知地展露野心，毁灭其他的文明。金銮殿的王座上生满了荆棘，烙下过无数人的姓名，可最终还是逃不开支离破碎的命运。曾经的金碧辉煌琼林仙境又能维持多久？一时？一世？最终还是化作断瓦残垣埋入历史的风尘中，徒留后人空叹。

虽然人总是贪婪的，但是也总得相信那埋藏在人性深处的善。除却个别杀戮成性的将领之外，大部分将士还是心中有愧的。可是人永远这么矛盾，理性地执行命令，再感性地发出哀思。望着在战场上搬运尸体的对手们，每个人心下都是复杂难言的。他们也会偷偷地在黑夜中合掌祈求战争赶快过去，也会为小马驹的出生而感动落泪，也会为被践踏得一片狼藉的良田祷告，希望来年风调雨顺万民无饥。即便是下令征战的君主，也会面对先祖的排位暗自责问到底该不该，也会带领子孙群臣面对祭坛祈求和平。

战争是世上最大的劫难，它像是架设在时空中的一个旋涡，无论身边、天边，无论曾经、现在，只要它存在，你总能看到它张牙舞爪的狰狞嘴脸。而最无力的却是，即便你曾看到它吞噬所有的美好，即便你深切地体会到它的可怕，你永远都没办法阻止它的重新出现。一如你永远无法阻止你的心。

最后借用一句格言：即便是最勉强的和平，也胜过最正义的战争。

第三章

石上清泉——禅心

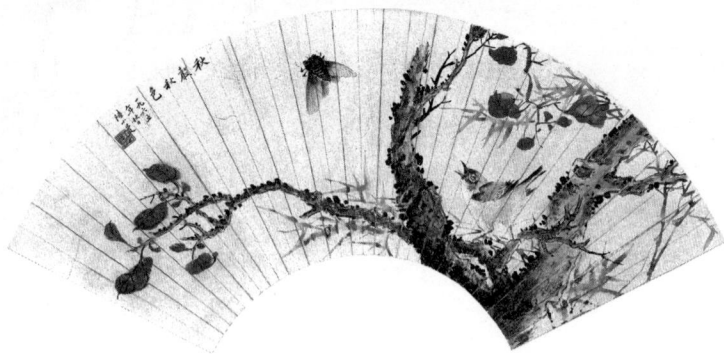

涧户寂无人，纷纷开且落
——万物自有缘法

禅之不可说，浑如诗之不可解，诵持或否，悟了，便是大寂静里的了然欢喜；不悟，便是红尘万丈，乱花渐欲迷人眼。自达摩始，到六祖兴，唐诗已是不可避免地浸润着佛理禅心，禅心入诗，格外的轻、远、舒、慢，而最擅描摹这种诗里禅心的人，当非王维莫属了。

年少春衫薄

王维的静与空，不是平白的空空如也，相反，他的空恰是十丈软红里洗练出的不着一物。我们且把目光放到他的年少，诗的青春正好。

少年行其一

新丰美酒斗十千，咸阳游侠多少年。

相逢意气为君饮，系马高楼垂柳边。

是的，王维有这种时候，胸中豪气干云，梦里游侠爽朗。那是最初入京，冠盖京华，他的诗名在这一切之上，还有书画、音乐，他几乎擅长这俗世里最炫目的浮华。年少而博学多艺，是不难在这开元盛世里左右逢源的，进士擢第，是亲王将相的座上宾。彼时，他的诗是热血、豪气，是年少丰腴的浪漫情怀，既有"红豆生南国"的浪漫，也有"圣代无隐者"的相信和追求，更有后人手口相传的《息夫人》：

息夫人

莫以今时宠，能忘旧日恩。

看花满眼泪，不共楚王言。

传说宁王李宪，宅左有卖饼者妻，纤白明媚，于是李宪据为己有，且恩宠有加，过了一年，李宪问卖饼者妻："汝复忆饼师否？"卖饼者妻默然不语，宁王就召见卖饼者与其妻见面，卖饼者妻注视着卖饼者，双泪垂颊，若不胜情。当时座上有十几个人，都是当时文士，大家觉得很凄凉惊异，宁王李宪让大家赋诗，王维在座，最先赋就，就是这首《息夫人》。于是李宪放归卖饼者妻。其时王维二十岁，以一首蕴藉委婉的诗，成全了一对贫贱夫妻。盛名顺境之下的他没有思及也不会思及，他以微力度人，他的前路，这年少轻狂前尘如烟散尽之时，谁来度他，又会度往何处？

王维的少年恰是一首《桃源行》，以"渔舟逐水爱山春，两岸桃花夹古津"始，以"春来遍是桃花水，不辨仙源何处寻"止。清丽，从容，情韵绵长。年方十九的他出笔便有前无古人后无来者之势，细品来胜在气象从容，果然古今多少呕心句，最难得处是从容。

桃源行

渔舟逐水爱山春，两岸桃花夹古津。

坐看红树不知远，行尽青溪不见人。

山口潜行始隈隩，山开旷望旋平陆。

遥看一处攒云树，近入千家散花竹。

樵客初传汉姓名，居人未改秦衣服。

居人共住武陵源，还从物外起田园。

月明松下房栊静，日出云中鸡犬喧。

惊闻俗客争来集，竞引还家问都邑。

平明闾巷扫花开，薄暮渔樵乘水入。

初因避地去人间，及至成仙遂不还。

峡里谁知有人事，世中遥望空云山。

不疑灵境难闻见，尘心未尽思乡县。

出洞无论隔山水，辞家终拟长游衍。

自谓经过旧不迷，安知峰壑今来变。

当时只记入山深，青溪几度到云林。

春来遍是桃花水，不辨仙源何处寻。

声喧乱石中

王维的诗深得造化的钟灵神秀，从那字字珠玑来看，他无疑是上苍的宠儿。但盛唐诗人，几乎无人以诗的造诣为终极目标，他们更愿意入世，学得文武艺，卖与帝王家。王维也不例外。极富诗名而又进士及第，王维入仕的第一步是顺遂的。但人生无常，谁也不能逃脱塞翁失马之虞，同年秋，王维便遭遇了对其有重要影响的事件，被贬济州。史料上讲，王维此次当贬与否，原在两可之间。所以对于被贬，他的不平与自弃溢于纸上："微官易得罪，谪去济川阴。执政方持法，明君无此心。闾阎河润上，井邑海云深。纵有归来日，各愁年鬓侵。"至此王维荣盛之时渐过，风霜袭近。

人生浮沉恰如草木枯荣，花开花落，一切皆有时。对此，周老夫子说过"花开花落两由之"，而摩诘竟无甚厥词。穷边漫漫，"他乡绝俦侣，孤客亲僮仆"，孤寂至此，二十岁的王维只是描摹而已，尚思"息阴无恶木，饮水必清源"。年少如许，竟已是扰之不浊。也许只有无量容隐，才能慧根深种。身羁济州的诗，有寓言寄思，也有空灵神属，直觉那时的王维，已有些迷离氤氲之境，试读这首《送神曲》：

纷进拜兮堂前，目眷眷兮琼筵。

来不言兮意不传，作暮雨兮愁空山。

悲急管兮思繁弦，灵之驾兮俨欲旋。
倏云收兮雨歇，山青青兮水潺湲。

如果说王维早期的诗如花月春风，那么济州四年，他的诗渐渐锻化出云气高缈，最惊艳如"闲门寂已闭，落日照秋草"。至此，那个以诗意纵横京华的少年淡去，王摩诘成矣！而之后的"落花寂寂啼山鸟，杨柳青青渡水人"不过是信手拈来，却尽得羚羊挂角之妙。

王维济州归来，若人生如修禅，此是一劫历过。不过仕途无常，似集无常之大成，一劫之后，难见坦途，置身觳里，便是声喧乱石中，巍巍庙堂，无处安放一个诗人的清雅疏朗。张九龄罢相，李林甫专权，任凭你心在云端，赎不得身在尘泥。隐居、离职，为官，这浮沉挣扎还是小乘。天宝十五年（756），安禄山攻陷长安，诗人被俘任伪职。胡人陷两京为修罗场，诗人亦是炼狱里经一遭。乱世里的菩提寺秋雨疏钟，触目疮痍还不够，好友来探看，带来的是更糟的消息，诗人口占诗成，《菩提寺禁裴迪来相看说逆贼等凝碧池上作音乐供奉人等举声便一时泪下私成口号诵示裴迪》："万户伤心生野烟，百官何日再朝天。秋槐叶落空宫里，凝碧池头奏管弦。"看这过长的交代因由的题目，像是昭示荒唐的人生，因果太长，谁也免不了善恶浮沉，这边厢有人仓皇辞庙，那边厢自有人迫不及待地作乐凝碧池头。这是李唐的劫数，这一劫城郭变残垣，园庐但蒿藜，这一劫盛世转衰，其时个人命运如芥，先是含辱事伪，继而蒙羞入狱，人情翻覆似波澜，大劫如灭度，在命运次第关上一扇扇门之后，诗人开始走入自己的内心。参禅！

归来且闭关

经历了年少盛名，入仕，贬谪，离乱，入狱，得免，这早慧的人说"一生几许伤心事，不向空门何处销"！王维的空门，是佛也是诗，是辋川里的白云流水，草木荣枯。

最起初，诗是诗，佛是佛，有向佛之心，笔却还是俗笔，《黎拾遗昕裴秀才迪见过秋夜对雨之作》：

> 促织鸣已急，轻衣行向重。
> 寒灯坐高馆，秋雨闻疏钟。
> 白法调狂象，玄言问老龙。
> 何人顾蓬径，空愧求羊踪。

心有狂象，求诸佛法，有诗佛之名的摩诘，他的诗篇篇展来，更像是求佛的历程，有所求，有所悟，有所了。最初有所求"白法调狂象""安禅制毒龙"，毒龙狂象，不过是内心虚妄，慧如诗人，自然知道求佛参禅，最终参的不过是自己的内心。辋川里白云悠悠，再回首往昔年少，那些曲岸持觞垂杨系马，说什么《老将行》，吟什么《出塞曲》，世事浮云何足问，不如高卧且加餐。多少红尘痴迷，抵不过再回首已是百年身。像是许多年之后，一个颓唐文人，用一个极尽奢华旖旎的故事告诉我们，俗世浮华，不过是千红一哭，万艳同悲，不如归去。辋川，是王维的好，是尘世的了。

王维自语"晚年唯好静，万事不关心"，唐诗的"关"要远远丰富于今，如李白的"何许最关人"，"关"在此处是牵绊、诱引，是心底最丰沛的情绪和不可言说的游丝软系。可王维说万事不关心。

酬张少府

晚年唯好静，万事不关心。
自顾无长策，空知返旧林。
松风吹解带，山月照弹琴。
君问穷通理，渔歌入浦深。

世事于王维，此时是天寒远山净，半生风霜，足以消磨尽红尘眷恋，空山旧林，松风明月，心静如水，若问穷通理，悟了，便不言。谁说过，寂静，欢喜。

王维的辋川是寂静的，甚至是禅定的，唯其寂静，得其深远。世间百态，次第行来，方知山路元无雨，空翠湿人衣。到此处见山是山见水是水，人生起伏，皆是平常，草木荣华，可得其所。心下无尘，闲适自生，人世坐卧行立，不过行到水穷处，坐看云起时。于是，我们有幸看到，安然的王维在更安然的辋川里，写最安然的诗。

辛夷坞

木末芙蓉花，山中发红萼。
涧户寂无人，纷纷开且落。

寂寂山中，花开有常，红萼不因人而发，亦不因人而落。谁说过"天行有常，不为尧存，不为桀亡"，在摩诘的诗里，一花一木，便具有这份自持与浑然。仿若禅宗的最初，佛祖拈花，迦叶一笑。于是，从此风流云散，便平白多了一份了悟自然。

王维在辋川中，但是辋川中没有王维。在那里，他心如禅定，笔如佛眼，他的诗是草尖的露，林间的月，四季流转，花发叶落，他与辋川相看相安，不动不扰。

历史再稍晚些时候，药山惟俨禅师在树底下打坐，他的两位弟子也跟随在师父身旁一起打坐，分别是云岩昙晟禅师和道吾圆智禅师。三人禅坐了一段时间之后，药山惟俨禅师忽然指着邻近的两棵树说："这棵树长得多么茂盛，可是另一棵树却干枯了。"

然后药山惟俨禅师转过头来，看着道吾禅师，问他道："这两棵树，是荣的好，还是枯的好？"

道吾圆智禅师毫不思索地回答："荣的好！"

药山惟俨禅师又问云岩昙晟禅师，云岩禅师却回答："枯的好！"

这时候，有一位姓高的侍者正好走了过来，药山禅师也用同样的问题问他，侍者回答说："枯的由它枯，荣的任它荣。"

"枯的由它枯，荣的任它荣。"这便是禅的态度，亦是摩诘诗的态度，草木也好，人心也好，各有各的自持，各有各的历世因缘，无论是自身还是外物，我们观望，接受，不动不扰，不以物喜，是为道法自然。

所以禅是不执着禅是什么，是尘土也罢，落花也罢，是摩诘轻挥衣袖，不扰纤尘，不染芳华；是闲门也罢，是闹市也罢，是红萼初发，秋草落口，是荣枯一如，是不说也罢。

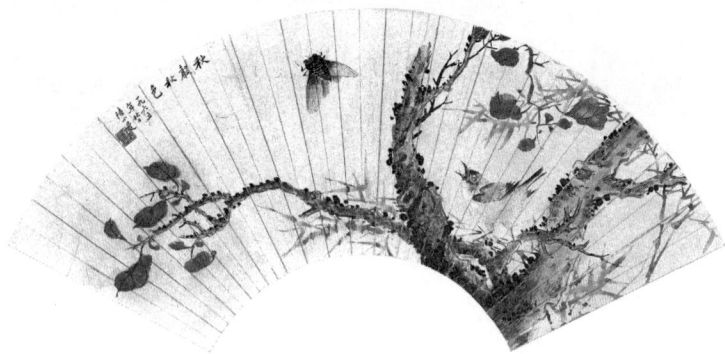

钓罢归来不系船，江村月落正堪眠
——忘机自适的闲淡生活

江村即事

司空曙

钓罢归来不系船，江村月落正堪眠。

纵然一夜风吹去，只在芦花浅水边。

红尘中有太多的无奈，太多的悲哀，太多的求而不得，太多的身不由己。也许只有这清波江上、月下花间，才是放逐心境的福地。

垂钓者，古诗中常有的形象，通常伴着某种目的性出现。从醉翁之意不在酒的姜太翁一竿无饵的鱼竿钓得权倾天下，到"孤舟蓑笠翁，独钓寒江雪"的子厚在苍莽冰雪下奔涌的滚烫热血，再到太白的"人生在世不得意，明朝散发弄扁舟"里的退一步海阔天空，垂钓这件事儿，被赋予了多少压抑、豁达、淡泊的性情。而还有那么一类人，却是真真正正的垂钓者，他们中有"夜静水寒鱼不食，满船空载月明归"的船子和尚，有"潇洒尘埃外，扁舟一草衣"的景云，有"花底消歌春载酒，江边明月夜投竿"的陆游，眼下我将提起的是"大历十才子"之一的司空曙。盛唐诗歌在辞气兴趣上追求"羚羊挂角，无迹可寻"，在章法结构上讲究"似粗而非粗，似拙而非拙"。然而到了大历时候，诗歌气象与盛唐出入甚远——世人语"大历以诗还诗，则小乘禅也，已落第二义"。难得的是身为大历十大才子之一的司空曙，却为后人评道"已雕已琢，复归于朴"这样的褒奖。其实他的浑成延自盛唐气象，所谓浑朴则得益于陶潜。

大千世界有喜、怒、哀、惧、爱、恶、欲，是为七情；有色、声、香、味、触、法，是为六欲。率性直爽爱憎分明的人被称为真性情，是个血肉鲜活的人，我们亲近他爱慕他，一如杜甫、柳宗元。而那些勘破凡尘心无所念的则被称为圣，身沐荣光，我们敬重他瞻仰他，一如陶潜、李太白。

司空曙是个介于二者之间的人。他生性磊落耿介，婉雅闲淡，有着人情，却少有人欲，是真隐士。他两袖清风却不阿权贵，他身负奇才却不忧宦途。与那些怀才不遇的文人多不能免俗的抑郁不平相比，他来去自如的真洒脱是何等难得。忘机自适，不逐名利，这正是他在十才子中达到物我两忘的最高境界并为他人所不及的原因。

万里晴空碧如洗，云淡风轻近午天。秋风强劲，芦花连绵，他点着一叶扁舟去了湖心。鱼肥草美，三两飞鸟在低空盘桓，他微微笑了，忽然长臂一振对着长河呼啸起来。风起云灭，天色如水般慢慢暗沉下来，一轮圆月当空，他也不荡桨，收了工具仰面躺在船上。蔚蓝的天空缀满繁星，玉盘清冷地洒下月华，像一袭轻纱覆体，温软沁凉。放眼望去，他被黑沉沉的水笼罩着，水天一色碎了满眼的粼光。世界宁静却不死寂，有种让他自在的孤独感。

他渐渐地合上眼，听觉无限伸展开去。哗啦哗啦，是江水起伏的撞击声；啪啦啪啦，是江鸥惊起的拍翅音；唦啦唦啦，是芦花绵密的呼吸声……他的嗅觉也敏锐起来，微微熏湿的咸腥味，自身氤氲的兰桂香，空气中清爽萧瑟的秋意，等等。一切美得让人微醺，他似乎有了醉意，索性也不停船，他枕着双手，孩子般地睡去。

你担心有风？且不说大风一定能将他吹到哪里去，便纵是将他吹到了哪里，总也是岸边。既然是岸，又有何惧呢。前人有"乘兴而至，兴尽而归"的遥遥一拜，他也有"钓罢归来不系船，江村月落正堪眠"的洒然一梦。如若他能被鼻端清冷甘甜的异香唤醒，眼见天色微曦，月色淡淡，星光已隐，而船被搁在芦花飘荡的浅岸边缘，那他更该感谢这场机缘给他的惊喜。

樊篱中的我们总为各种琐事烦恼，凭空的怀疑、无谓的担忧、不满的欲望、未知的恐惧，那些令人神往的逍遥从容哪去了？——我们弄丢了自己那颗自由无畏的心。

泛舟江湖，让生命与自然融为一体，保持心的自在洒然，哪怕一弯钓船也能如山般深厚，境由心生，心若自由，身沐长风。

怕将姓名落人间，买断秋江芦荻湾。几度招寻寻不得，钓船虽小即深山。

有首禅诗说得很好："春有百花秋有月，夏有凉风冬有雪。若无闲事心头挂，便是人间好时节。"沉寂的夜晚还有惊现的昙花，荒漠的原野也有永驻的胡杨，生命短暂却暗香满怀，前路艰难却风姿尽展。

清觉禅寺有位心明禅师，是位盲人。他对世间万象有自己的觉察。阳光甚好的时候，一众问曰："师父缘何而笑？"禅师答曰："笑日光暖照万千人。"阴雨连绵的时候，一众问曰："师父缘何而笑？"禅师答曰："笑春雨润物细无声。"香客稀少的时候，一众问曰："师父缘何而笑？"禅师答曰："笑高山流水花果香。"禅师打盹的时候，一众问曰："师父又缘何而笑？"禅师答曰："笑汝之惑迷，笑吾之梦美。"

禅师的笑，源自世间万物的美，源自他看不见外物的眼，来自他观照自身的心。他众的惑，源自其对万物之美的贪念，源自其眼见外物的攀比，源自其对观照自身的畏惧。

　　大历时司空曙由于不干权要且独居荒野（并不是刻意隐居，奈何家境清贫），诗作不多，且多属寄情山水和乡情旅思，被时人认为在十大才子中流于中下。然而到了宋代，重新翻录的《全唐诗》中将他的诗作数大大提高。对他的评价和他对后世的影响也给予肯定。

　　我们大可像他一样坚持自己，不与时代同流，不为外誉喜，不因外贬悲。我们大可不听那些追逐名利金钱的喧闹声，大可忘记那些伤害苦难的疼痛，我们要记得温暖、安宁、率真、勇敢这样古老的词汇，我们要常和自然亲近，滋润自己的心灵。我们要相信，是金子总会发光；我们要相信，伤痕都将在时间洪流中痊愈；我们要相信，生命应该用最美的姿态绽放。

　　如果生命是一条河，你我的河床都是不一样的形色。若你心域宽广敦实，那河床便也宽阔深厚；若你心域荒芜封闭，那么河床也干涸浅露。我们也不过是尘世里一叶漂荡的扁舟，自由无畏的心性是那杆撑篙，如想乘风破浪，必先斩断身后欲念的羁绊，坚守自己的心。

　　宠辱不惊，闲看庭前花开花落；去留无意，漫随天外云卷云舒。物欲皆忘，淡观海上潮起潮落；道无余说，一任世间日升日沉。既然来到这个世界，就要好好活着。既然活着，就要活出"闲云野鹤自由心"，就要活得"云在青天水在瓶"。

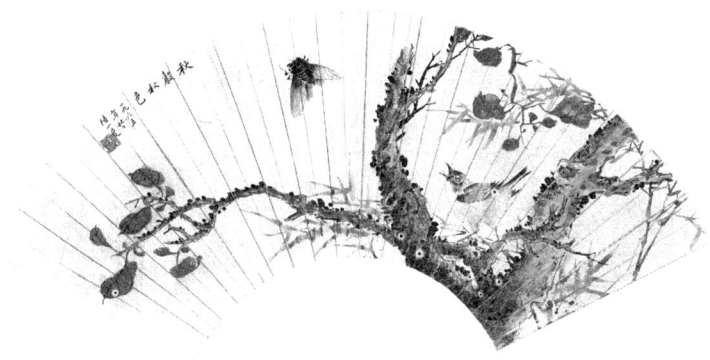

荷风送香气，竹露滴清响
——人间有味是清欢

　　在唐诗的国度里，若以风比诗人，李白是落山风吹过海洋，杜甫是马鸣风萧萧，李商隐是香风过连苑，王维是回风拂落花，自来还自去。而孟浩然，是清风在竹林。

　　孟诗深得清、雅、淡、朗四字，他的清，是骨貌清奇的清。他的诗清远恬淡，尤其山水诗，诗句铺展开来，恰似一幅优美的画卷，其中景致，非浓墨重彩，而是小桥流水，淡暮新月，微云远山，一切悠远的、恬淡的极适于隐士高卧的景色，如这首《夏日南亭怀辛大》：

　　　　山光忽西落，池月渐东上。

　　　　散发乘夕凉，开轩卧闲敞。

　　　　荷风送香气，竹露滴清响。

　　　　欲取鸣琴弹，恨无知音赏。

　　　　感此怀故人，中宵劳梦想。

　　窃以为，浩然诗一大特点，便是词淡而意远。王维之才远胜孟浩然，但此中造诣，似颇不如。王维之淡，是"绚烂至极归于平淡"，而浩然是"本身无一物，何处惹尘埃"。天性使然，是才气弥补不了的。如此诗，"闲淡"是一味，另有一味"闲散"便是其他诗人所欠缺，或者也可以说，是其他诗人所不擅表达也描摹不出的意境。诗的节奏极慢，诗人"散发乘夕凉"，于是整个时光静下来，慢下来，把心放空，感受自然的节奏。夕阳傍山而下，池边新月缓缓升起，随之缓缓升起的还有渐渐浓重的暮色，诗人无拘无束地在闲敞处卧下，荷风里暗香浮动，竹露滴落，清韵怡人。如此自在情景，恍如陶渊明之"五六月中，北窗下卧，遇凉风暂至，自谓是羲皇上人"。浩然是连"羲皇上人"也不必自谓的。此时，他便是这荷风，是这竹露，是这步履迟迟的时光，是这自然本身。当你真正静下来，天地造化也只是驾驭在你指间的节奏。

　　王孟常因山水诗之恬淡而并称，但王维之恬淡，是"运斤成风"，王维才高八斗，少年及第，他的诗大气有之，堂皇有之，即使平淡，也是字句如锻，他的平淡里裹挟着厚重的才华底蕴和不可追及的文字功力，是一种对才华的不彻底抛掷和重新选择。如他的辋川，虽是自然山水，还是人为选择的奇美和精致。所以他的平淡是华贵缎子绣一株平常花草，是磋玉锻金做一枝木樨花。孟浩然则大不同，他的山水便是平常山水，他的田园也是襄阳随处可见的农家田园。他的平淡便是平淡，清逸便是清逸。与其说浩然是诗人，不如说他是诗一样的人。他的诗不过是他清逸雅淡的人生的表现和表述。常常想，无数诗人争相去啜饮诗神的泉水，但浩然无须如此，因为他便是这泉水本身。

王维所绘孟浩然像，据张洎的题识说："虽轴尘缣古，尚可窥览。观右丞笔迹，穷极神妙。襄阳之状颀而长，峭而瘦，衣白袍，靴帽重戴，乘款段马———一童总角，提书笈负琴而从——风仪落落，凛然如生。"果然诗如其人，我们细观其诗，那个鹿门山上"幽人自来去"的身影，可不是"颀而长，峭而瘦"吗？那个"沿月棹歌还"的人，可不是"风仪落落"吗？

浩然之诗清人淡，俨有古风，王士源在《孟浩然集》中这样描述诗人："骨貌淑清，风神散朗。"这八字可状其人，亦可状其诗。孟浩然骨清神雅，别具高格，不拘泥词句而重写意。清施补华评价孟浩然的《晚泊浔阳望庐山》："清空一气，不可以炼句炼字求者，最为高格。""挂席几千里，名山都未逢。泊舟浔阳郭，始见香炉峰。尝读远公传，永怀尘外踪。东林精舍，日暮但闻钟。"浩然的诗，此篇可为例证，心清不染尘，其美不着挂碍，如茶一道，清绵为上。

关于孟浩然的才学和才情，以及其诗，以禅喻诗的严羽如是说："大抵禅道惟在妙悟，诗道亦在妙悟，且孟襄阳学力下韩退之远甚，而其诗独出退之上者，一味妙悟而已。"关于他的恬淡，闻一多先生如此诠释：

真孟浩然不是将诗紧紧的筑在一联或一句里，而是将它冲淡了，平均的分散在全篇中：

出谷未停午，到家日已曛。回瞻下山路，但见牛羊群。樵子暗相失，草虫寒不闻。衡门犹未掩，伫立望夫君。

甚至淡到令你疑心到底有诗没有。

　　垂钓坐盘石，水清心亦闲。鱼行潭树下，猿挂岛藤间。游女昔解佩，传闻于此山。求之不可得，沼月棹歌还。

　　淡到看不见诗了，才是真正孟浩然的诗，不，说是孟浩然的诗，倒不如说是诗的孟浩然，更为准确。在许多旁人，诗是人的精华，在孟浩然，诗纵非人的糟粕，也是人的剩余。在最后这首诗里，孟浩然几曾做过诗？他只是谈话而已。甚至要紧的还不是那些话，而是谈话人的那副"风神散朗"的姿态。

　　余大以为然。

　　尝以为诗人之才学，苏轼是堪与王维比肩者，但这两位满腹才学的人，对孟浩然的评价却大不同。浩然一去，王维顿觉"江山空蔡州"。苏轼则批评其"韵高而才短"。关于才学与才情，关于才与不才，庄子笑曰："周将处乎材与不材之间。材与不材之间，似是而非也，故未免乎累。"所以评价孟浩然，还是苏轼的另一句诗比较恰当：

　　人间有味是清欢！

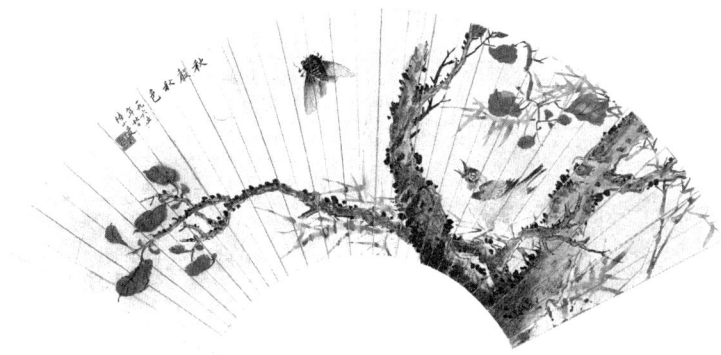

襄阳好风日,留醉与山翁
——在进退中抉择

　　窃以为科举制度在唐朝是双赢的事:一方面,唐太宗笑得志得意满:"天下英雄,入吾彀中矣";另一方面,由于唐朝经济和文化的空前宽松繁荣,文人们渐渐皆把封侯拜相作为对自己十年寒窗的最高报偿,所谓"圣代无隐者"是也。但就是在这样的大环境下,似乎也颇有例外,比如孟浩然。

　　读孟诗,会觉得孟浩然也不是完全的淡泊心志,其中不乏"谁能为扬雄,一荐《甘泉赋》"这样的想往,也有"不才明主弃,多病故人疏"的惆怅,更有对张九龄的投石问路:"坐观垂钓者,徒有羡鱼情。"但孟浩然真实的求仕之路是怎样的呢?相传,孟浩然曾被王维邀至内署,恰遇玄宗到来,玄宗索诗,孟浩然就读了这首《岁暮归南山》,玄宗听后生气地说:"卿不求仕,而朕未弃卿,奈何诬我?"(《唐摭言》卷十一)"奈何诬我"和柳永的"奉旨填词"简直有同源之妙(柳永《鹤冲天》中有"忍把浮名,换了浅斟低唱"句,北宋仁宗曾批评他:"此人好去'浅斟低唱'，何要'浮名'？且填词去。"等到临轩放榜时，仁宗以《鹤冲天》词为口实，就把他给黜落了。自此柳永自称："奉旨填词。"）。文人意气干犯天颜，或者说文人才气撩拨了龙鳞，于是各得其所，隐居田园的继续隐居田园，市井风流的继续市井风流。有人说"不才明主弃，多病故人疏"是"一生失意之诗，千古得意之句"。诗人到底失意多久，我们无从得知，不过其诗不久便"隐者自怡悦"了。

其实孟浩然的求仕行为是很被动的，他起初为自己设想的道路是：通过隐居著文和结交干谒获得社会声誉，谋取王公大臣的荐举，以实现入仕的目的。多么典型的文人清高，有时候我们可以根据一个人的行为去推测他内心深处的真实想法。或许在孟浩然，入仕是普遍意义的社会价值观，而隐居著文才是他内心所愿和擅长的，坚持自己喜好的事而得到普世价值观的认可，当然是轻易而一举两得的事。但轻易的事往往不易成功，所以孟浩然此路失败了。即使已经"风流天下闻"了，也无人为其"一荐《甘泉赋》"。这样，我们可以想见，在四十岁时去考进士，不过是他给自己的一个交代罢了。去那仕途试一试水，若不成，便"只应守寂寞，还掩故园扉"罢。不得不说，有时，求仕的直路往往是人生的弯路，有太多人在科举考试的道路上耗费一生，"太宗皇帝真长策，赚得英雄尽白头"。而人生的正道往往是求仕的弯路，甚至南辕北辙，如孟浩然，站在历史之后的我们，当然庆幸他的不得其门而入，庆幸他前四十年的隐居著文。

进士考试孟浩然失败了，但历史从不以及第与否论英雄，千百年后，在诗人姓名前加冕的不是状元榜眼的头衔，而是那些真正的诗，那些铭记了历史，惊艳了未来的声音。就像我们在今天津津吟诵着当年的失意落榜人张继的《枫桥夜泊》，可是谁记得，谁又在乎当年的状元是谁。

我们感谢孟浩然求仕的"失败"，因这失败，他终于完成了那个永恒的矛盾：入仕还是退隐？江湖还是庙堂？巢由还是伊皋？诗人暂时不必思考这个问题了，命运替他做了选择，命运的大手将这个闲散诗人孟浩然推得离他的本真更近了一步。他说"风尘厌洛京"，说"长揖谢公卿"。多少年前，另一位出尘的诗人高唱着"归去来兮"走向自己的田园，就像如今的孟浩然，走出京城，走向吴越，走回历史的襄阳。

有很多诗人以家乡为名号，但遍观历史，没有一个人，如"孟襄阳"这个名号一般货真价实，他如此的与襄阳融为一体，以致我们已经说不清，到底是襄阳的孟浩然，还是孟浩然的襄阳。

襄阳在孟浩然的心里，是隐逸的灵魂和出尘的山水，是一切的根源、一切的寄托和一生的不可背离，是暂离时露白风清之夜的月是故乡明。孟浩然大半辈子的时间都在襄阳，关于他心中的襄阳，我们可以从两首诗中一探端倪，一首是从未离开的《夜归鹿门歌》，另一首是去而复返的《登望楚山最高顶》。

夜归鹿门歌

山寺鸣钟昼已昏，渔梁渡头争渡喧。
人随沙路向江村，余亦乘舟归鹿门。
鹿门月照开烟树，忽到庞公栖隐处。
岩扉松径长寂寥，唯有幽人自来去。

作此诗时，诗人约二十四岁，诗中即已是深得隐逸清幽之气。庞德公是孟浩然的精神懿范（庞德公，东汉襄阳人。居岘山之南，未尝入城府。躬耕田里，以琴书自娱，夫妻相敬如宾。与司马徽、诸葛亮相友善。荆州刺史刘表屡次延请，皆不就。后遂携妻子登鹿门山，因采药不反），在孟浩然的心里，庞德公代表隐逸的高风和浪漫的理想。此诗中"余亦乘舟归鹿门"，多么自然自豪的语气。此时，鹿门山是庞德公的，亦是孟浩然的。"鹿门月照开烟树，忽到庞公栖隐处。岩扉松径长寂寥，唯有幽人自来去。"孟浩然已俨然是庞德公的精神继承人了，他与庞德公一样成为襄阳的精神化身和文化符号。襄阳与孟浩然的灵魂从此不离不弃，这一点在他的足迹暂离襄阳时也从未改变。

登望楚山最高顶

山水观形胜，襄阳美会稽。

最高唯望楚，曾未一攀跻。

石壁疑削成，众山比全低。

晴明试登陟，目极无端倪。

云梦掌中小，武陵花处迷。

暝还归骑下，萝月映深溪。

什么是曾经沧海难为水？什么是过尽千帆皆不是？孟浩然漫游吴越归来，看多了山水胜迹，归来一登眺，还是觉得"山水观形胜，襄阳美会稽"。我们看孟浩然此次归乡后的诗句，仿佛看到鱼游入水中，清风融入清风，那么自得，那么多喜不自胜的溢美之词。仿佛经此一别，乡心经过乡愁的锻造，孟浩然完成了他与襄阳的最终融合，从此安于襄阳，老于襄阳，安然过着"落日池上酌，清风松下来"的隐逸生活，借用王维的诗来说：

"襄阳好风日，留醉与山翁。"

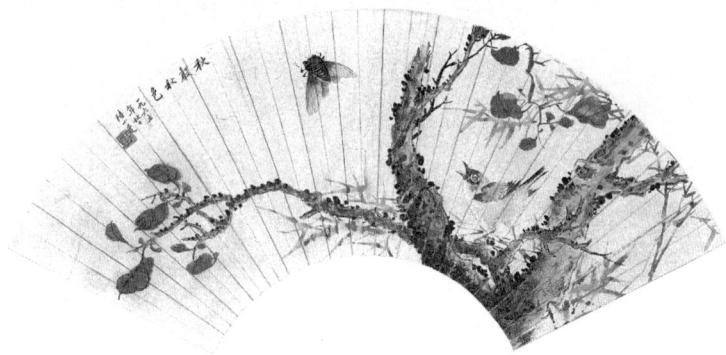

行到水穷处，坐看云起时
——生命是场美丽的邂逅

终南别业

王维

中岁颇好道，晚家南山陲。

兴来每独往，胜事空自知。

行到水穷处，坐看云起时。

偶然值林叟，谈笑无还期。

　　一直都喜欢老人。喜欢安静整洁笑容慈祥语气平和思想深邃的老人。觉得他们是上苍留给后人的珍贵财富，向人们昭示着成熟的智慧、宽广的包容和通透的佛性。静能观心，而后觉慧，而后自我。

　　《金刚经》说：凡所有相，皆是虚妄；若见诸相非相，即见如来。讲的是所有眼见、手触、心想，都是虚空且终将归于虚空。佛家讲不二法门，何谓不二，不是是，不是不是，而是是非对错已不入眼，心中无有判断。如若你所见所感终于撇开那华丽外观，参透凡事，直抵自心，即可成佛。

一切有为法，如梦幻泡影，如露亦如电，应作如是观。

诗佛王维，字摩诘，名与字合起来是个洁净无垢的在家菩萨。因此，在最开始的时候，他便与佛家结缘，这也正应了佛家的"佛渡有缘人"一说。

许多人终其一生都在寻求般若之门，然而挣扎、苦修、痛斩，都无法做到；而有的人，只是一垂手间，便参透了禅意。六祖慧能初时连字都不识，却能在苦修士诵读经文而不解时，让他开悟。一花一木一菩提，慧能便是有缘人。

王维在《能禅师碑》中曾说："无有可舍，是达有源。无空可住，是知空本。离寂非动，乘化用常。在百法而无得，周万物而不殆。鼓枻海师，不知菩提之行。散花天女，能变声闻之身。则知法本不生，因心起见。见无可取，法则常如。"既然能写出"法本无生，因心起见"这样的句子，可见王维也不愧于"诗佛"这一称呼了。

早年的王维工书画，善诗文，对仕途有所希求。二十一岁进士擢第，调太乐丞。三十三岁时张九龄擢其为右拾遗。他对子寿也是分外敬慕，有"贱子跪自陈：可为帐下不？感激有公议，曲私非所求"之句，虽多为后人诟病，却是当时年少气盛想大展宏图的真实写照。736年，子寿罢相，次年贬荆州长史。他对张九龄被贬，感到非常沮丧，但热血坚定的他并未就此退出官场，他一方面对当时的官场感到厌倦和担心，另一方面却又恋栈怀禄，不能决然离去。安禄山一事后，他便随俗浮沉，看到仕途烦扰艰险，便想超脱这个尘世。恰逢得到宋之问的辋川别墅，山水胜绝，他便寄居在此长期过着半官半隐的生活。此间他认识了道友裴迪，两人浮舟往来，弹琴赋诗，啸咏终日，笃于奉佛，长斋禅诵。这时他的诗作也多以禅诗和颂佛诗为多。这首诗便是写在这个时期。

而关于辋川别墅，他曾多次写诗描绘：

辋川别业

不到东山向一年，归来才及种春田。
雨中草色绿堪染，水上桃花红欲燃。
优娄比丘经论学，伛偻丈人乡里贤。
披衣倒屣且相见，相欢语笑衡门前。

积雨辋川庄作

积雨空林烟火迟，蒸藜炊黍饷东菑。
漠漠水田飞白鹭，阴阴夏木啭黄鹂。
山中习静观朝槿，松下清斋折露葵。
野老与人争席罢，海鸥何事更相疑。

由此可见他对辋川别业的喜爱。这个地方也是他一生的转折，因为这里的秀美风光和结识的道友，终于将心性打磨得淡然了悟，洞彻天地。

他还曾在《山中与裴秀才迪》的信中说："足下方温经，猥不敢相烦。辄便往山中，憩感兴寺，与山僧饭讫而去。北涉玄灞，清月映郭；夜登华子冈，辋水沦涟，与月上下。寒山远火，明灭林外；深巷寒犬，吠声如豹；村墟夜舂，复与疏钟相间。此时独坐，僮仆静默，多思曩昔，携手赋诗，步仄径、临清流也。"由此亦可知他"兴来每独往，胜事空自知"的闲情雅趣从何而来。

那些誓与红尘同进同退的人，被世俗的颜色迷乱了双眼，被风霜雨雪欺得腰弓背驼，被明枪暗箭伤得体无完肤，才记得怨愤，人生多戏谑，世事太无常。他们感叹着现实的残酷，说功名权力都是金钱的游戏，说亲爱欢愉都是繁华成空，自诩可以经得起流年，可以只当是品饮苦茶，可以只当是咽下烧喉烈酒，却不知在这些追逐和失落中，他们早已迷失。更多的人，终其一生都在为一件事苦苦追寻，期盼着梦想成真的那天，待到最后头破血流地缩回原点，又想起不如放下。然而，一句言语，一次离别，一点忽视，一点凉薄，便又撩拨得他们坐卧难安食不知味，仓皇之际，又想起青灯古佛，便躲在菩提树下寻求庇护，寻求宁静，寻求解脱。

人生不是一场声势浩大的逃亡，不是遇见失意便要转头，经受煎熬便求抚慰，受到打击便寻庇佑的轮回。真正的禅心，是孤独寂寥的，是平和广纳的，是宁定从容的。那是儿时纯净的目光，用澄澈平和的纯真来抚慰那些躁动的灵魂。

一泉水的流向有它自己的规律，源起源入，你看着便是，无须探求。一朵云的舒展有它自己的姿态，心有心无，你坐着便是，无须猜测。近人俞陛云说："行至水穷，若已到尽头，而又看云起，见妙境之无穷。可悟处世事变之无穷，求学之义理亦无穷。"说的便是那颗开放接纳且又淡定平和的心。如果你有魔心，每天都在炼狱；如果你有禅心，每刻都是修行。

> 人闲桂花落，夜静春山空。
> 月出惊山鸟，时鸣春涧中。

人生要耐得住寂寞，因为世间已经太过喧哗。倘若你跟着它的节奏，浮躁了自我，那么你就很难再聆听到一朵花开的声音。人们总是一直往前走，越走越远，越走越快，许多珍贵的东西就这样被落在身后了。生命需要一个端详的姿态，不妨试着慢下来。慢下来看水，水消失了，而山岭上白云涌动，原来是水化成了云。慢下来看事，事平息了，而利弊已经显露，再来权衡决断。慢下来看人，日子久了，而人情冷暖自知，取舍去留也不必多说。无论哪一种绝境，都会有它存在的意义，只有你静静地听，才能懂得它要告诉你的道理。这个世界上从来都不存在穷途末路这一说，关键是看那个人，有没有等待柳暗花明的耐心。

一起一落，一生一灭，便是一场轮回，永隔一方，各自安好。多少渺小的生命在时光中碾落成泥，了无痕迹，就如水泡，噗的一声，消散成无数细小的分子，即便是以另一种方式存在于天地间，然而本尊却无处可寻了。每个生命都是不可重复的，每段时光都是不可逆的，这么想想，人的一生是一件多么辉煌的事情。如果有一种温暖，能穿过荒凉的大地，穿过凉薄的人心，直抵不灭的灵魂，让下一次的生命纯善敦实，将是多么美好的一件事。

　　王维后半生追求的圆融之境，没有人知道他最终是否悟道。只是临终时的那种清醒明悟和洒然坐逝，让人不禁有所希冀。

　　你听，那暮时的钟声，在红尘深处响起，是挽留，是送别，抑或无悲无喜。你偶然得闻，便觉如淬身心。其实说到底，生命是场美丽的邂逅，所有的相遇都是注定的重逢。

　　"偶然值林叟，谈笑无还期。"

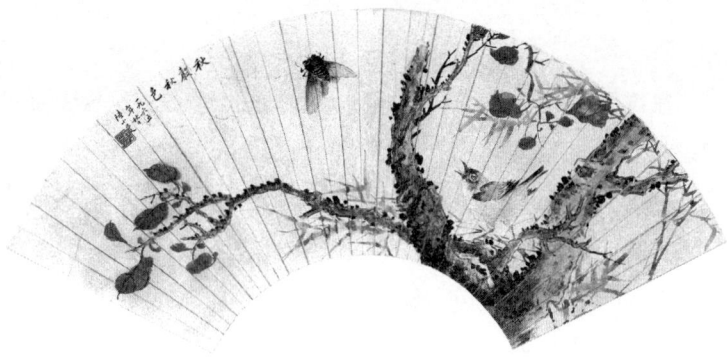

明月松间照，清泉石上流
——白云之中清淡的眼

发源于《诗经》，滥觞于魏晋，脱胎于玄言，伴生于田园。山水诗，就是这样顺遂历史的轨迹，踏着隐士高人的步伐，一路行来。歌山脉之迤逦，咏江河之蜿蜒，意境清奇隽永，中华民族源远流长的隐逸文化，注定是山水诗成长的最佳摇篮。而格调清隽、歌颂隐逸的山水诗，也一直都是这个流派的砥柱中流。

在历经了二谢的绮丽与靖节的脱俗之后，终于有人将"有句无篇"升华到了"名篇佳句"的境界。

他是王维，字摩诘，号称"诗佛"，即使在以诗为史的唐代，他也是一个炫目的、隽永的、独一无二的存在。

盛唐时期，佛教文化早已在中原大地上生根，文学、艺术、建筑等各方面均不同程度受其影响，参禅之人自然也不在少数。王维就是一个虔诚的居士，他"居常蔬食，不茹荤血；晚年长斋，不衣文彩"，甚至鳏居三十载而不弯胶重续，虽然并未完全离开官场，隐居山林，但物质世界也已经清淡到了乏善可陈的地步。

　　然而他的精神世界却是异彩纷呈的，在参禅悟道的同时，他也弹琴舒啸，泼墨挥毫。在这样从容闲适的意境中，他写下了无数美妙的山水诗篇。

　　前面已经说过，王维好禅、好乐、好画，于是他的山水诗便有了禅的境界、乐的玄机及画的情态，仿佛他生来就是为了写出那些传唱千古的名篇佳句似的。他是寓情于自然者的最佳典范，一切自然中的素材皆可以信手入诗。即使是并不擅长的应制诗（也就是皇上给的命题作文），他也能写出"云里帝城双凤阙，雨中春树万人家"这样的句子；无山水可用的边塞诗，他道"大漠孤烟直，长河落日圆"即传唱千古；秾丽纤美的乐府诗，他也可以用一句"谁怜越女颜如玉，贫贱江头自浣纱"使得坐享荣华的贵族少女黯然失色。

　　王维的诗，特别是五言诗，格律成熟而工整，历来为诗家称道。黛玉教香菱学诗，也是要她"先读一百首王摩诘"，可见王诗的影响是如何深远。

　　私以为，几乎每一个著名诗人，都有所谓的"第一印象作品"。想起李白就想起《蜀道难》，说到杜甫就不得不提"三吏三别"，讲白居易总少不得说一下《长恨歌》，虽然随着读者群体和时代导向的变化，这"第一印象作品"可能有所调整，但大致上是不错的。同理可证，每一个诗歌派别都会有它的"第一印象作品"和"第一印象诗人"。我们可以称之为"代表作中的代表作"以及"代表诗人中的代表诗人"。

　　遵循着这个道理，我们就会发现，说到山水诗就必然要说王维，说到王维，《山居秋暝》就自然而然地要被提起了。

山居秋暝

空山新雨后，天气晚来秋。
明月松间照，清泉石上流。
竹喧归浣女，莲动下渔舟。
随意春芳歇，王孙自可留。

尝读《倚天屠龙记》，忽然发现俞二侠的名字暗合"莲动下渔舟"一句，颇觉有趣；又见金庸老先生在注释中写殷六原名利亨，因与其他人不相类，才改名梨亭。遂把武当七侠的名字挨个念了，方见金老改得高妙。七侠史上确有其人，难为这名字一个赛一个地有摩诘之风，不知是不是张三丰收徒时一个一个改过的，但是唯独漏下了老六，似乎有些说不通。放下书本信手涂鸦，兴致勃勃地画了半天，惜乎丹青技拙，总不成样子。若是王维在世，画个山水版的"武当七侠姓名图"，该有多美！

若你有兴致闲逛花卉市场，就会发现很多精致的花盆上刻有诗句，而这首诗的出现概率相当惊人。除此之外，公园长廊墙壁上的题字、文化用品诸如笔筒砚台之类的篆刻，也十分偏爱这首诗。按说什么东西见多了便觉俗气，此诗却不会给人类似的感觉。大抵是因为这区区的四十几个字（连题目也计算在内），生来就带着辋川山水的清新超然之气，历经了千百年红尘的洗礼，依然淡雅如初，因此就算被现代文化所嫁接利用，骨子里的底蕴依旧未曾改变过分毫。

文人都有自己偏爱的词库，特别是拥有自己风格流派之人，你会发现他的诗中某个意象的重复率很高。王维就爱煞了"空山"这个寂寞杳然的词语，他十九岁，还是长安市上鲜衣怒马的佳公子之时，便"世中遥望空云山"；到了辋川闲居之后，更是时有"空山不见人"之类的句子。然而他的空山并不是一座死气沉沉的山林，他的空山有啁啾的群鸟，有潺潺的清溪，是一个充满生机的世界。

在这首诗中，他的空山刚刚下过一场雨，晴了，便有些泠然的感觉。夏末秋初的夜晚，最是清爽惬意。水一样温柔的月光从松树的枝叶间点点漏下，在林间空地上绘出斑驳的魅影；雨后的泉水愈加丰沛，清凌凌的，在山石间缓缓流泻，叮咚作响。幽篁喧响，浣纱女伴盈盈归来；莲叶纷披，一叶轻舟顺流而下……虽然已经是秋天，却颇有些"胜春朝"的趣味，无怪乎隐士会流连忘返。

苏东坡说王维"诗中有画，画中有诗"，这是因为王维的诗画已经混合一体，意境圆融，很难分清楚彼此。读他的诗，脑海中会浮现出相应的画面；观他的画，也能体会到画中蕴含的诗情，这便是我们通常所说的"通感"。当一首诗歌的艺术水平臻于化境之时，甚至不需要在文字上过多雕琢，就能够使人的"通感"自然而然地发挥出来。我们纵观全篇，发现诗人只使用了"空""新""明""清"四个形容词，没有错彩镂金，没有雕文琢墨，只是轻轻浅浅地描摹，仿佛漫不经心的口述，却构建了无可替代的美妙意境。

然而东坡似乎还是少说了一样，那就是音乐。王维除了诗画精湛，还深谙乐理，因此诗中很注重声音环境的构造。他的诗歌可以由文字而摹图，再配上声音，使之鲜活，用现代概念来解释，那就是3D立体结构的，每首诗都是一段免修片免剪辑的高清视频文件。本诗的画外音很丰富——远有浣女娇喧，近有清泉幽咽，似乎还能够听见渔舟在荷丛中行进的水波声，这是大自然的声音，如此真实，如此动听。

　　清新的环境与淳朴的人儿，斯处当真是"神仙也可住得"了。于是作者便跟招隐诗的鼻祖——淮南小山——唱起了对台戏，不仅不顺从其"王孙兮归来，山中不可久居"的召唤，还高呼了一句"随意春芳歇，王孙自可留"，就这样打算一直"游兮不归"了。

　　这里其实还有一个有趣的概念，就是"王孙"，字面上来看是指皇亲国戚之类，至少也要是贵族子弟，事实上最初的意思也

是如此。汉魏晋时期，士族隐逸成风，凡是能隐居的都得有点经济基础和社会地位才靠谱，因此"王孙"就不知不觉地成了隐士的代名词，后来也有指代离人及相互推敬之意。王维从年少时便负有盛名——"但凡诸王驸马豪右贵势之门，无不拂席迎之，宁王、薛王待之如师友"——弱冠中举，多年仕宦，社会地位应该算是比较高的。长时间半官半隐的生活，可以说坐实了"王孙"之名。他反用名句之意，加上这贴切的称呼，真实地表达了对于隐逸生活的眷恋，无形中愈加坚定了隐逸的决心。

盛唐的山水田园诗派，虽由王孟分庭抗礼，但还是有一些诗人和诗篇值得我们注意。诸如储光羲与"维舟绿杨岸"，常建与"曲径通幽处"，祖咏与"终南阴岭秀"等，都是经久不衰的名篇。祖咏因为只此一首可取，倒也在其次，然而储光羲与常建确是不能不提的。这两个人，在山水流派中常常被并列提起，他们年龄相近、成就相仿、命运皆舛，但因为有着不同的人生道路和人生观，所以反映在诗中的心境也不相同，并列起来阅读，可以说是一件比较有意思的事情。

开元十四（726）、十五两年（727），朝廷进士榜上丰收了一批留名千古的诗人。储光羲于十四年登第，同榜者是崔国辅和綦毋潜；常建取于次年，与王昌龄同科。

两人的命运在此处最为春风得意，但是之后的人生便各自惨淡了。时至今日，我们只能从零散的史料中整理出残破的脉络，对之唏嘘一番。

储光羲一直入仕，从他一些现实主义的诗作来看，他是一个相当有抱负的人。然而仕途并不顺利，一路迁转，总是县尉一类。他那"翰林有客卿，独负苍生忧"的襟怀，得不到舒展，终于隐居。出山之后任太祝，查唐官制，这一职位是正九品上，实际还比从八品下的县尉低。后来他总算升了监察御史，是正八品上，这差不多就是他仕途的最高点了。

天宝十四载（755），渔阳鼙鼓动地而来，九重城阙尽生烟尘，玄宗带领千乘万骑仓皇避走，留下空虚的东西两都在铁骑下呻吟。安禄山将陷落的官员尽数俘虏，迫授伪职，储光羲也在其列。安史之乱平息之后，这些"变节者"皆被皇帝"秋后算账"，事实上倒也不乏得以脱身者，最著名的便是同为山水流派的王维，他以一首怅望故国的《凝碧诗》（万户伤心生野烟，百官何日再朝天？秋槐花落空宫里，凝碧池头奏管弦）为唐肃宗嘉奖。可惜储光羲明明也是诗人，却没在这个关键时刻留下只言片语，以至于"贬死岭南"，传不得入正史（《旧唐书》和《新唐书》），仅散见于《唐才子传》《唐诗纪事》等，可谓晚景凄凉。

储光羲的诗作，笔调生动，模山范水总是活灵活现。其《咏山泉》一诗，在殷璠《河岳英灵集》中被评为"格高调逸，趣远情深，削尽常言"。

咏山泉

山中有流水，借问不知名。
映地为天色，飞空作雨声。
转来深涧满，分出小池平。
恬澹无人见，年年长自清。

不知名的山，不知名的水，很明显是隐逸的象征。没有明丽的颜色，因为水的颜色随着天而变化；没有环佩般的声响，因为只不过是去了雕饰的自然之声。年年岁岁，就这样缓缓流淌，不为外物所役，自由而淡泊。从诗的意境上来看，这有可能是隐居终南期间的作品。格调高洁，不似蓄意抒情，因此应该不是为了博取关注而创作的，是出于情感的自然流露。后人谓储光羲是道家思想的继承者，是有道理的，因为他的诗颇有返璞归真的道家意境。葛晓音先生有"宁可崎岖下位，长守贫贱，也不肯改变自己的人生信仰""清浊分明、追求真朴的精神"等考语，可以为之做证。

诗中清泉的意象，大约从许由、巢父开始就是隐士的代名词，历来歌咏者不知凡几，实在不算新鲜了。难得的是，储光羲竟然把清泉天然的属性描摹得淋漓尽致。"映地为天色"一句跟他另一首诗中的"潭清疑水浅"，一直并用于现代理念的跨学科教学——初中物理老师非常喜欢用这两句来解释反射和折射的原理。也许正是顺应了自然之道，他的诗作才能够源远流长，在工业时代依旧焕发着生命的华彩。

再说常建，此人前期的命运跟储光羲相似，仕途不顺，连具体的记载都欠奉，唯一见诸史料的官职是大历年间的盱眙尉，后期更是过着全然隐逸的生活，隐居在鄂渚，"交游无显贵"，颇有出尘之意。

一般诗人即使生卒年不详，也至少会记载祖籍和字号，但是在常建这里，一直是个悬而未决的疑案。直到2006年，河北省邢台市临城县征集到的民间文物中发现一块古碑，上有常建后人的墓志，这才让常建在"邢州"（今邢台）正式落了户籍。

虽然对于其人的记载少且分散，但是常建的诗歌成就相当高。唐人当时对他的评价甚至超过了诗仙李白，殷璠作《河岳英灵集》，按品而非年代评诗，常建高居榜首。殷氏在集评中说"高才无贵士"，把他与刘桢、左思、鲍照相提并论。他的诗歌存世不多，只有五十七首，但是"卓然与王、孟抗行者，殆十之六七"（《四库全书总目》），可见在质量上取胜。

常建的诗在今日并不像唐时一样著名，但是无论哪种唐诗选集都至少会选一首，那就是著名的《题破山寺后禅院》。然而因为要跟储光羲拼个高下，这里还是应该选择一首隐逸诗。《宿王昌龄隐居》就是很好的例子。这首诗与前者共同入选《唐诗三百首》，也是常建的代表作。

宿王昌龄隐居

清溪深不测，隐处唯孤云。
松际露微月，清光犹为君。
茅亭宿花影，药院滋苔纹。
余亦谢时去，西山鸾鹤群。

从题目可以看出，这是诗人造访王昌龄的隐居处时所写，而居所的主人并不在家。王昌龄与常建是同榜出身，登第的时候已经年近不惑，出仕之前他就隐居在这样一个神仙居所。但是现在王昌龄依旧在坎坷的仕途上蹒跚前进，他的隐居处已经废弃了。

泠泠清溪，茕茕孤云，隔绝出一个被遗忘的世界，隐者的清冷跃然纸上。同是松月之趣，王维之"明月松间照"是无我之境，而常建则以"清光犹为君"创造出了一个半有我、半无我的玄妙境界。茅亭药院，无人打理；花木苔藓，恣意生长。这是一种非常原生态的境界，也有点凄凉的意味。

《唐才子传》记载，常建曾经"招王昌龄、张偾同隐"，今本的《全唐诗》中也有《鄂渚招王昌龄张偾》，可见常建的确邀请过王昌龄和一个叫张偾的人一起隐居的，但是纵观王昌龄的事迹，似乎并没有明确的隐逸生活，所以我们可以确定，常建的招隐没有成功。如今到了昔日充满隐士情怀之处，他唯有空自追忆感怀，惆怅不已，于是转身离去，与西山鸾鹤相伴为乐。

常建是个真正的隐者，他想寻求志同道合之人，但是未能如愿，他寂寞的同时也有些惘然。而储光羲则是甘于寂寞，乐此不疲的。我们对比两者的命运，却发现常建的结局比储光羲要好一些。也许是因为储光羲的仕宦人生干涉了隐逸之路，所以导致了失衡；而常建虽然抱着一点"有所为"的心态，但是他的人生成分一直是隐逸多于仕宦。因此历史的天平向常建倾侧，从成就和评价上来说，都是常诗居高。由此我们也可以看出，隐逸经历对于山水诗的影响，甚至是对诗人人生的影响有多么深远。

在自然风光日渐消逝，残山剩水也逐渐商业化了的今天，读一读隐者的诗篇，或者，能够稍微体味一点淡泊隐逸之感吧！

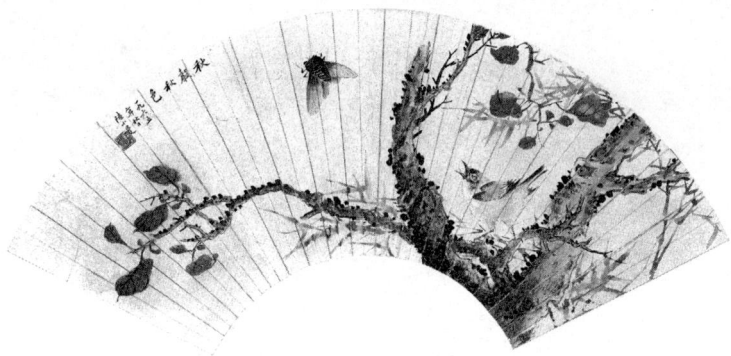

道由白云尽，春与青溪长
——你不知的世事变迁

归桃源居

刘慎虚

道由白云尽，春与青溪长。
时有落花至，远随流水香。
闲门向山路，深柳读书堂。
幽映每白日，清辉照衣裳。

走过炙热的夏、苍郁的秋、凛冽的冬，该是温存的春了。娇弱柔嫩的新芽轻缓地抽枝，鹅黄浅绿的枝叶舒展拔节，新粉深红的花骨争相吐蕊，渐渐地春便暮了。

他在这样的暮春里，悠然闲适地过着闲云野鹤般的生活。风起时落英缤纷，在空中翻跹，在指尖流连，勾着人的目光随着它零落在水面。青透的水上缀着粉嫩的花，悄无声息地流转，绵延开去仿如一匹精致的绸缎。而他盘坐于树下，但笑不语，仿若等待一场繁华的静落，又仿若参透了这俗世红尘的所有机密。

他是全乙，刘慎虚。

他应当出生在一个谦和有礼的书香门第，因为天资聪颖姿容秀拔而被众人疼爱，父母悉心照料，亲友爱护有加，邻里夸赞羡慕，难得的是他依旧保持了那样谦和淡泊的性子。他八岁便写得一手好文，九岁上书朝廷，龙颜大悦，遂招号。他跪在堂上仰着稚嫩的面庞，带着好奇和敬畏端详正在问询他的男人，得知这便是掌控万里疆国的王。离开之际，他被授予"童子郎"的称号，他暗暗下定决心日后将以不同的身份站在这庙堂之上。对那时的他而言，父母说的高官厚禄当是他一生最高的追求。

开元二十一年（733），中进士。二十二岁时，朝廷开博学宏词科以考核博学能文之人，他又考中博学宏词科。入第后，做过宏词科左春坊司经局校书郎，以后又转崇文馆校书郎、秘书郎，还做过洛阳尉和夏县县令。当然兴许这一切对他而言是达成目标的大事件，甚至是一生的转折，然而在历史的洪流中，甚至轻巧得抵不过一片鹅毛。

那年的朝堂，最要紧的事情还是侍中裴光庭去世，以及新相的选用问题。后来新相韩休与萧嵩不和，朝堂动荡可想而知。他性格高古，略脱势利，定是支持韩休却不屑抱团的，于是被清出朝堂下到乡县也并不意外。而退出朝堂的他，在山水民间，忽然发现自己以往所追求的，不过都是顺应父母之望的行事，朝堂上的倾轧和文臣间的挑拨并不是他想要的。是啊，站在庙堂之上看到的那片天空灰得太过压抑，不若归去。

归去来兮！田园将芜胡不归？既自以心为形役，奚惆怅而独悲？悟已往之不谏，知来者之可追；实迷途其未远，觉今是而昨非。舟遥遥以轻飏，风飘飘而吹衣。问征夫以前路，恨晨光之熹微。

乃瞻衡宇，载欣载奔。僮仆欢迎，稚子候门。三径就荒，松菊犹存。携幼入室，有酒盈樽。引壶觞以自酌，眄庭柯以怡颜。倚南窗以寄傲，审容膝之易安。园日涉以成趣，门虽设而常关。策扶老以流憩，时矫首而遐观。云无心以出岫，鸟倦飞而知还。景翳翳以将入，抚孤松而盘桓。

岁月是一条长河，一端连着回不去的曾经，一端延向看不见的未来，我们站在中间，身后是苍茫的雾霭，身前是大朵的白云，脚下是如水般一去不回的时光。沉浮其中的我们要得到什么，每个人又是抱着何等心态涉身其中，又对去从作何思量。

归去来兮！请息交以绝游。世与我而相违，复驾言兮焉求？悦亲戚之情话，乐琴书以消忧。农人告余以春及，将有事于西畴。或命巾车，或棹孤舟。既窈窕以寻壑，亦崎岖而经丘。木欣欣以向荣，泉涓涓而始流。善万物之得时，感吾生之行休。

已矣乎！寓形宇内复几时，曷不委心任去留？胡为乎遑遑欲何之？富贵非吾愿，帝乡不可期。怀良辰以孤往，或植杖而耘耔。登东皋以舒啸，临清流而赋诗。聊乘化以归尽，乐夫天命复奚疑！

他决心归隐庐山卜宅。不是荣归故里，不是心灰气败，是勘破繁华后的败漏里衬，悟出平淡才是人生的归宿。日可看云，夜可观星；门前清溪，山中深林；花随风之，吟啸古今。

然而，朝堂不允，父母之命等种种原因，让他的这个愿望无疾而终。那曾经在山中"松花酿酒，春水煎茶"的日间，那"书似青山常乱叠，灯如红豆最相思"的夜晚，那"幽映每白日，清辉照衣裳"的愉悦心情就成了他最快乐的思量。

后父母去世，他哀恸难当，辞官归于桃源村，于深柳堂读书自娱。他开始参禅悟道，偶有灵思便成章句，其情幽兴远，思雅词奇，总惊众听。可惜天妒英才，不仅让他的五卷诗歌仅存十五首，还让他早年逝世。时五十四岁。

人永远不会知道自己的一生能有多长，没人能预料明日是何光景，所以要永远地活在当下。他会不会也有未完成的遗憾，会不会有未及填写的诗词，会不会有未曾说出口的秘语。

我想他是不会的。白云深处的书堂里，他闲适地品茶，写诗。身边是如花美眷，身后是似水流年。他的面容已然开始苍老，不复当年的俊逸模样，可是这每一条褶皱都展示出一种安详舒适的韵味，显得再合适不过。

他的委顺任化，是千山万水折转之后，明白内心真正的志向，是坚守后的退让、面壁后的回寰，是对自己的宠溺骄纵，是不肯被世俗规则拗折了纯然本性的吐气扬眉。

人的一生，求的是什么呢？对于这样一个问题，千人有千种答法。爱财的要发财，爱命的要长寿，精忠报国的要"笑谈渴饮匈奴血"，大权在握的要"我花开后百花杀"……就连同一个人，一生不同时段的所求也不尽相同。

他少年乖巧聪慧，求的是父母亲人的认同和欢喜；青年壮志豪情，求的是讨得功名荣耀家门；而后醍醐灌顶，求的是寻处桃源遁世隐居；而后古拙淡泊，无求于外物，仅仅要守好自己内心的安宁。

然而，现如今，又有多少人真正地知道自己求的是什么。程度标准不重要，先要明白自己的心。可惜，我们太难找到让自己心悦诚服的答案。我们总是步履匆忙地在钢筋水泥中穿行，未曾留意过街角的那缕新绿又开出了白花。就在我们焦躁地等着绿灯读着秒数的时候，又有几个花骨朵儿悄然绽放。

我们自幼所受的教育就是叫我们如何去争取，争取食物，抢夺资源，追名夺利，俨然把问心何求变成欲望不息的正当理由。其实人最应该学习的，是放下。得到了什么不重要，放下了什么才重要。

我们都是负重远行的旅人，人生的旅途漫长艰辛，可是如果你会及时抛开包袱，你就能轻松行走，如果彼时还能有双澄澈的眼，你会发现这段荒芜的路途上还有无数的细微惊喜等着你。

不如做一个安静的人。目光如水，面容纯真，嘴角带笑，手心温暖。身上披覆着古老的预言，骨骼中书写着虔诚的信仰，你与我，狭路相逢，你的安然一笑灿若莲华。你向着白云深处渐行渐远，我踩着春末随着流水与你擦肩。桃花灼灼，顺流而下，从你的脚边溜到我的面前，我回眸凝望你，你的一身白衣在一片琅琅书声中温柔地散发着淡淡清辉。你安静，淡然，不惊扰，不凌人，一如暮春的风，雅致而温柔。

其实，你一直都知道，人间有味是清欢。

第四章

西出阳关——友情

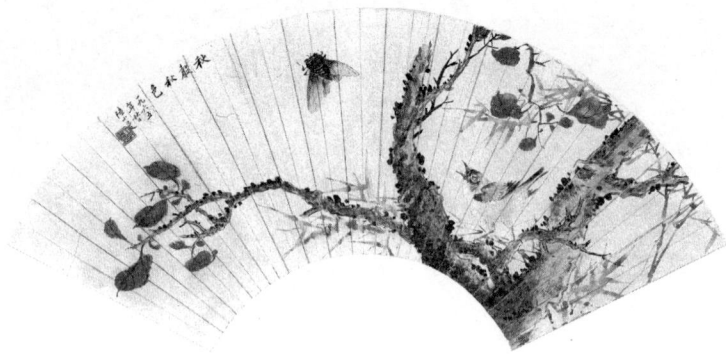

日暮酒醒人已远，满天风雨下西楼
——送你离开，千里之外

谢亭送别

许浑

劳歌一曲解行舟，红叶青山水急流。

日暮酒醒人已远，满天风雨下西楼。

恸，一霎时，在酒醒之后。

唯有恸，霎时涌上心头，在酒醒之后，就像满天风雨霎时落下。独上西楼，那是李煜的事儿。独下西楼，只有许浑才知道，人已不在身边。诗家说许浑诗"清丽婉转"，可见并不适于这首。何尝婉转？情就在满天风雨里，一霎时拍打而来，一霎时忘记一贯的婉转，就像《战国》里的钟离春，取信于齐王方能陪孙膑出征，终于在前一夜奉献给齐王这处子之身。翌日，在晨光中走近孙膑的门，一霎跪在他面前，双泪垂，唤一声先生。一霎的跪，才托出心底硬生生的疼；一霎的风雨，才知道自此要孤独度日。

在唐诗的坐标图中寻找这一天的许浑并不难。横轴为年号，纵轴为地点，当公元838年的秋日与安徽城北的谢公亭交汇，你正承满天风雨独下西楼。那一刻，一定也想起天宝年间和安徽泾县桃花潭相交之点，想起738年春天的清晨与渭城客舍的交汇，想起741年的深秋与吴地芙蓉楼的交汇，千尺潭水，漫天杨柳，一片冰心，离开的人和相送的人都在同一时空里互剖愁绪，倾诉衷肠，没有人知道人走后的心情。只有一次，当李白站在黄鹤楼上凝望孤帆远影时，长江只还给他一片水天相接，他在楼头到底立了多久，直到孟浩然流离到视线之外。唯见长江天际流，大概一生豪放的李白在友人走后也不会怅然若失。而许浑知道，无法抑制思念，一霎时，铺天盖地而来。这等强烈，何尝婉转？山雨欲来风满楼，一切一触即发。

然而，这一天的情景呢？最初是送别的曲子唱了又唱，解舟自兹去，在青山红叶中渐行渐远。不是安西，不是洛阳，不是扬州，不知到哪里，总之在千里之外。

你去哪里，对我有什么意义？我所难过的，只是你的离去。

于是，我还可以欢歌，还可以把盏千觞，还可以看你在山水间顺流而去。

春草碧色，春水绿波，送君南浦，伤如之何！明明是春色如许，江淹却伤心几何。因此，劳歌欢快抑或山水明丽，都只叫人徒增寂寞。"以乐景写哀，以哀景写乐，一倍增其哀乐"，白石道人姜夔如是说。

这一天有两处景致为许浑的离愁画龙点睛，劳劳亭和谢公亭。

《孔雀东南飞》说："举手长劳劳，两情同依依。"焦仲卿和刘兰芝末了还是要分别，一地忧伤。因此有"劳燕分飞"这个成语。劳劳，忧伤至极之态。三国时东吴建了这样一座劳劳亭，沾染着人文色彩，成为金陵送别的最佳场所。而后，劳劳亭又易名为"望远楼"，宋代元嘉年间又更名为"临沧观"。你看，多么俗气的两个名字，怎可与"劳劳"二字相比，"望远楼"这三字哪都可以有，"临沧观"更有时下兜售临时景点的嫌疑。也有人说，亭建在一座山上，山叫劳劳山，因称劳劳亭。不管怎样，代有送别的佳作起于劳劳亭。

唐李白说："天下伤心处，唯有劳劳亭。"又说："金陵劳劳送客亭，蔓草离离生道旁。"

唐皎然说："劳劳亭上春应度，夜夜城南战未回。"

明张回说："劳劳亭次别，无计共君归。"

清郑板桥说："劳劳亭畔，被西风一吹，逼成衰柳。"

劳劳二字，久而久之成为送别的符号。古人送别又有以歌相送的习俗，劳歌就成了送别之歌的代称。劳歌一曲，缆解舟行，许浑眼中是一种匆遽而无奈。他唱的劳歌又是哪一首？身为县长的汪伦组织一干人大唱《踏歌》，声势浩大，民国人一定以李叔同的《送别》为最，而今再好不过《千里之外》。许浑醉了，或许他就唱着李白的《劳劳亭》，唱着王维的《渭城曲》，什么都不要紧，重要的是人将远行。

还有谢公亭，一座经历了多少离别的小站。那一年，谢公谢朓任宣城太守，相送范云去零陵，就此谢亭别过。

最后还是李白，这样一个谢朓的"粉丝"，说："谢亭离别处，风景每生愁。客散青天月，山空碧水流。"甚至"送客谢亭北，逢君纵酒还"。反反复复的别离，使得谢亭风景染上离愁。

自谢朓，经李白，到许浑，人间沧海朝朝变，唯有城北谢公亭。

而这一年的许浑又做了些什么？早岁游天台，仰望瀑布，远眺赤城，越中之游让他生方外之思。科场之旅多夭折，后北游塞上，更携书剑客天涯，直到八年后归来长安及第，少年梦成，春风得意。而后，仕途始有波折，虽及第，复试却未通过。无奈之下，开始去地方做幕僚。直到838年，他才开始忙碌。

这一年，唐代的诗人们境遇各不同。六十七岁的前辈白居易和刘禹锡同居洛阳城，春天，白居易遥想起江南，红胜火的江花，绿如蓝的江水，遂信手填来词三首："江南好，风景旧曾谙。"刘禹锡和道："春去也，多谢洛城人。"这一年，同样六十七岁的李绅并不知道他的"锄禾日当午，汗滴禾下土"会出现在千年后的小学课文里。这一年，贾岛六十岁，赏识他"鸟宿池边树，僧敲月下门"的韩愈已过世多年，而四十七岁的张祜早期因"一声何满子，双泪落君前"名动京华，他希望在梦中与儿时的偶像李白相会，可惜"我爱李峨眉，梦寻寻不见"，三十六岁的杜牧来到宣州，一场大雨把他留在开元寺，他在雨中仰望"深秋帘幕千家雨"，聆听"落日楼台一笛风"。这一年，只有李商隐尚年轻，二十七岁的他刚刚博学宏词落第，在泾原的安定城楼上感慨万千，下定决心"永忆江湖归白发，欲回天地入扁舟"，不过得失成正比，很快，他迎娶了幕主王茂元的女儿，洞房花烛的喜冲淡了名落孙山的恼。

　　相同的横坐标，不同的纵向值，因此有不同的诗、不同的经历，以及不同的感慨。

　　这一年的许浑四十四岁，838年的春天，自南海回到京口的丁卯桥村舍闲居，直到秋天，才去了谢朓当年任太守的地方——宣城，做了宣城当涂县的县尉，很快又提升为县令。这一年的夏天，山南东道的州郡开始发大水，宣城虽幸免，但雨一直下，持续成一场灾难，以致"江村夜涨浮天水，泽国秋生动地风"。

　　翻检历史到此，才发现那年"满天风雨"是宣城天空常有的姿态。只是在风雨之前，你送走的究竟是谁？

　　这一年，崔龟从曾来过宣城，而你正巧做了N多首与崔龟从相关的诗。你们游览谢朓楼、李白墓和敬山亭。李白说："相看两不厌，唯有敬山亭。"你们可曾在敬山亭畔对饮，望断芳草斜阳。尽诉友情，直到崔龟从离去。于是，在宣城青山绿水间，当初秋红叶沿江漂流，你们在谢朓当年送别范云的小站把酒尽欢，真不知到底饮了多少酒，甚至忘了怎样送他到行船上，唱过怎样的劳歌，说过什么话，反正行船在满眼的绿和红之间消失。

　　也许，你送走的就是崔龟从。

　　我们可以尽情猜想。不管如何想象，乍读这首诗时，心就被"风雨满天下西楼"定格了，相思风雨中，或许是最好的选择。后来，五代的韦庄评价许浑："江南才子许浑诗，字字清新句句奇。十斛明珠量不尽，惠休空作碧云词。"汤惠休是南朝的僧人，许浑也模拟过他的诗歌风格，到如今，惠休的诗大多淹没在历史的烟尘中，而许浑的诗还让人为之一恸。

　　满天风雨下西楼，扑面而来的恸。

君埋泉下泥销骨，我寄人间雪满头
——记得梦见我

梦微之
白居易

夜来携手梦同游，晨起盈巾泪莫收。
漳浦老身三度病，咸阳草树八回秋。
君埋泉下泥销骨，我寄人间雪满头。
阿卫韩郎相次去，夜台茫昧得知不。

两个男人若过从甚密，多少会引起非议，尤其在今天，难免会被说成"同志"。元稹和白居易就属于这样的例子。翻阅千年前两人的诗歌唱和，用心有灵犀、魂牵梦萦来形容最为恰切。有唐一代，论起友情，没有人能超越他们。多少相思、多少衷肠、多少告白，情至痴怨、梦中相会……这种种种种，而今读来满纸调侃的色彩，直到读到这一句——君埋泉下泥销骨，我寄人间雪满头，才知道白发如霜的白居易真的思念九泉下的元稹，剥开那些真真假假的痴，以为元稹与白居易前世必定是一对情人。一生一代一双人，争教两处销魂。这一双人在这一生真的成为一个时代友情的象征——元白之交。

801年，元稹与白居易同时参加吏部考试，均授校书郎，负责国家图书馆古籍整理。走马兰台，初相见就注定要一生一起走。始以诗交，终以诗诀，白居易这样评价他和元稹的过往。从贞元十八年（802）一直到大和五年（831）元稹去世，从第一次到最后一次历经二十七年，两人留下了千余首唱和诗作。

第一次赠诗给元稹，在一个秋雨天。"不堪红叶青苔地，又是凉风暮雨天。莫怪独吟秋思苦，比君校近二毛年。"秋风秋雨中，怀念比自己小七岁的元稹，"比君校近二毛年"，尚且是士大夫写诗的一贯口气。元稹回赠得中规中矩："劝君休作悲秋赋，白发如星也任垂。毕竟百年同是梦，长年何异少何为。"这样的唱和只是寻常，没想到一发不可收拾。

忆君无计写君诗，写尽千行说向谁。没有人懂得元稹对白居易莫名的思念。自见到白居易，这般茶饭不思，那时尚不熟悉，只好临窗而坐，提笔而书，谁知写着写着全是白居易曾经作的诗。思念一个人，会是这样吧，喜欢你说话的手势，揣测你话里的意思，彻彻底底的欣赏，或者，不停地背你的诗，然后写在浣花笺纸上，不够的话再向薛涛索些来。这一次，元稹题在了阆州开元寺的墙壁上，行行复行行，尽是白居易的诗。他想，不知道什么时候才能见到你，或者你什么时候才能见到我写下的你的这些诗。

纵横的思念很快得到答复，白居易在茫茫人海中遇到元稹之后，知道自己找到了另一个自己。你若欣赏某人，很可能是欣赏自己或潜在的自己，或者是前生的自己。白居易的思念是内敛的，他没有像元稹那样把对方的诗题在公众场合，纵然想念，也要隐秘写才好。于是，他的侍妾有很长一段时间都擦洗家中的屏风，白居易边念着元稹的诗，边题在上面。"与君相遇知何处，两片浮萍大海中"，他感觉自己和元稹是不定的浮萍，而萍聚自然是偶然加惊喜。

思念一个人到露骨，到开始寄托来世。元稹显然比白居易更煽情。他说："无身尚拟魂相就，身在那无梦往还。直到他生亦相觅，不能空记树中环。"身不在，魂相依，梦相托，直到来生我们还是要相互找寻，找到彼此后不要只记得树中的金环。金环，是认出彼此的凭借。五岁的羊祜发现自己常把弄的金环不见了，他向乳母要。乳母说："你从来就没有金环啊？"羊祜不语，他径自到隔壁李家东墙边的桑树中取金环。李家惊呆了，这个金环是他已离世儿子最喜欢的玩物。《晋书》记载了这场来生转世。

找到你，我才知道我是谁，没有你，我一直混沌如初。而所有的转世都要带去一些不舍吧，生怕对方认不出自己。有时认出了彼此，只限于认出，该怎么办？情分真个成了过往，独有一只金环证明你我的曾经。

知今生便知来世，知今生更知前生。元稹和白居易上演了你侬我侬。沣水店头，春日将尽，元稹别过白居易，开始向通川行进。这次相见整个一场相见欢：

一别五年方见面，相携三宿未回船。

坐从日暮唯长叹，语到天明竟未眠。

绝对的男闺密。

再相见时，元稹去留难自持。"自识君来三度别，这回白尽老髭须。恋君不去君须会，知得后回相见无。"多年贬谪生涯让元稹心自生怯，他不愿辞别白居易，后回待何期？没有E-mail，没有短信，没有微博，只有诗，千里之外，鸿雁相传，收到你的信，我才心安。

815年，白居易被贬为江州司马，在赴江州途中，他读元稹的诗以解闷，浪打船头，挑尽孤灯，一夜无眠，他写下一首诗寄给元稹：

把君诗卷灯前读，诗尽灯残天未明。
眼痛灭灯犹暗坐，逆风吹浪打船声。

此时的元稹缠绵病榻已久，得知白居易被贬江州后病中惊起："残灯无焰影幢幢，此夕闻君谪九江。垂死病中惊坐起，暗风吹雨入寒窗。"日后两人一对作诗的日子，居然相同。

枫叶荻花秋月夜，白居易在浔阳江上听到了精妙绝伦的《霓裳羽衣曲》和《六幺》，天涯沦落人不禁哭湿青衫，他把贬谪的忧伤扩大，再扩大，有多少人帮你分担痛苦，你的痛苦就少几分。元稹是其中顶级的分担者，彼时早已贬在通州做司马。再贬时反倒是最幸福的时光，元稹居绍兴，白居易居杭州。两人隔江唱和：

> 我住浙江西，君住浙江东。
> 勿言一水隔，便与千里同。

　　这首诗在古典的流水中折戟沉沙。聪明不过李之仪，他在长江这悠长的一水间找到了灵感，自将流水漂洗铁渍，认取前朝日貌，方知如何翻新。于是，《卜算子》传唱到今：

> 我住长江头，君住长江尾。
> 日日思君不见君，共饮长江水。

　　白居易和元稹就在盈盈一水间脉脉不得语，他们相信，君心我心，此生定不负相思意。到底是患难时真心更真，白居易为他们的友情下了结论：

> 自我从宦游，七年在长安。
> 所得为元君，始知定交难。

　　真个结交定百年。白居易想起韦应物的诗："升沉不改故人情。"诚如是，他和元稹共同经历过贬谪，却交往至今。
　　男闺密在一起时，会说政治的乱、仕途的挫、人情的薄，酒是再好不过的媒介，不过像元稹和白居易这样骨灰级的男闺密，也谈彼此的风流，或者真爱。白居易一定会告诉元稹他在被贬江州途中与湘灵的再次邂逅。"我已成名君未嫁，君仍怜我我怜君"，湘灵等他这么多年。原是隔在远远乡、结在深深肠的恋人就在眼前，无日不思量，无日不瞻望，执手相见时无语凝咽，而后是抱头痛哭，一场天地合，因为结局仍是决绝。也许白居易还会翻箱倒柜地找出湘灵亲手做给他的布鞋给元稹看，一经江南的梅雨，鞋上绣的花草暗暗发霉，他在晴天里曝晒。元稹呢？元稹则把《会真记》的草稿给白居易过目，"不可使不知吾者知，知吾者亦不可使不知"，如此这般绕口令地推心置腹。他写了回忆莺莺的《梦春游七十韵》，白居易和诗一百韵。和怀念湘灵的诗比起来，元稹显然不够真诚，显然他真诚地虚伪着，或者这一生除了对白居易，他都愿意真诚地虚伪。

除了初恋的卧聊话题外，也会谈谈彼此的结发妻子。一个说自己要和杨氏"生为同室亲，死为同穴尘"，一个说"曾经沧海难为水，除却巫山不是云"。大抵元稹的感慨要多一些，的确，韦丛初嫁他时正是贫贱夫妻百事哀，当首饰换酒吃是常有的事，至于吃糠咽菜、槐叶当柴，倒有些夸张。最主要的是，元稹并未想来世仍与韦丛做夫妻，他觉得"他生缘会更难期"，所有的报答就以"终夜长开眼"来完成吧，而夜夜无眠的思念究竟存在与否，没人知道。老师曾经说，要相信元稹当时的爱，当时他是这般不舍。而来生找寻到彼此就这样难吗？他与白居易，不是"直到他生亦相觅，不能空记树中环"吗？可见任何一段痴情，都是一次点缀，元稹最不能离开的仍是兄弟加闺密的白居易。

唱和、卧聊，元稹和白居易的闺密情到达顶峰还要数《三梦记》。白居易的弟弟白行简记录了这一过程：公元809年的三月七日，元稹任监察御史，奉命去四川，二十一日那天途经梁州。当日白居易在长安，与弟弟白行简、李杓直同游曲江、慈恩寺，又到李杓直家饮酒，喝得正爽，白居易突然说"微之到梁州了"，大家对他的话表示怀疑，为什么这样确定？白居易说，我说到就一定到，不信打个赌，留首诗做个凭证。白居易在李家墙上题诗："花时同醉破春愁，醉折花枝作酒筹。忽忆故人天际去，计程今日到梁州。"过几天，梁州来信，打开一看是元稹的诗："梦君同绕曲江头，也向慈恩院院游。亭吏呼人排去马，忽惊身在古梁州。"一看落款日期，正是白居易游完慈恩寺思念元稹的时候。

白行简以为，人人都做梦，但有些人做的梦很奇特，有人在现实中碰见以前在梦境中见过的东西，有人做了一件事，而另一个人也梦到这件事，两个人还在梦里相见。事实上，白居易思念元稹的时候，元稹以梦的形式参与了白居易当时的活动，与他同游曲江、慈恩寺。居然梦相随，抑或灵魂千里赴约。元代辛文房写《唐才子传》时，以"千里神交，若合符契"形容元稹与白居易的无间。

所有的梦暂停在831年的七月，五十三岁的元稹离世而去。即便有诸多的梦，都不能一一诉给白居易听。"死生契阔者三十载，歌诗唱和者九百章，播于人间，今不复叙。"只是白居易到底还是梦到元稹了：

> 夜来携手梦同游，晨起盈巾泪莫收。
>
> 漳浦老身三度病，咸阳草树八回秋。
>
> 君埋泉下泥销骨，我寄人间雪满头。
>
> 阿卫韩郎相次去，夜台茫昧得知不。

这是他辞世九年后白居易做的梦。白居易相信是元稹走进了自己的梦中，重复着这一生最熟悉的嘱托：要记得梦见我，每一生。

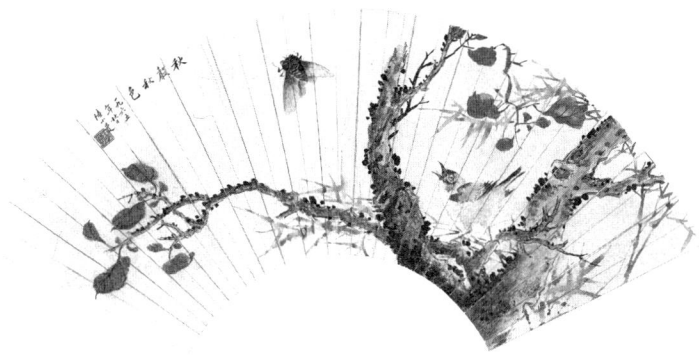

借问襄阳老，江山空蔡州
——设给你的空城计

哭孟浩然
王维

故人不可见，汉水日东流。

借问襄阳老，江山空蔡州。

再路过这座城时，你已不在，再繁华的城也是一片空荡。

多么一个烂俗的桥段，谁也不知道，它始于王维与孟浩然之间。

这是孟浩然设给王维的空城计。

初次读到这句诗，不觉得美，襄阳这个词只让我联想到郭靖死守襄阳城，蔡州这个词让我联想到扁鹊蔡桓公，借问也不见得美在哪，借问酒家何处有，牧童遥指杏花村，借问和襄阳连起来，确实没有美感，如果是借问春风、借问西楼、借问流水、借问人间，都可以让人产生美感，偏襄阳后面又加了一个老字。老字要用在适当的地方才会美，比如红颜未老恩先断，斜倚熏笼坐到明，再如心在天山，身老沧州。因为有红颜，老才缓和了它的形式，被强调了内容，因为有了心在天山这样的冰雪之貌，老才有了强烈的对比，分量更重，而沧州总是要比蔡州诗意得多。凛然、仓促、流水的"沧"，和蔡桓公、扁鹊的"蔡"，你会爱上哪个字？

这一次，字的美感不重要了，我要说这个烂俗的桥段打动我了，因为它无关风月，只是一个朋友思念另一个朋友的感怀，自你离开，我不再抚琴；自你离开，我不会再去那座城，人去城空，如是而已。

显然，作为一个男人，孟浩然在友情方面是极为成功的。盛唐顶级文学家都视他为知己，比如李白，这个杜甫痴迷了一辈子却很少理睬他的前辈却向孟浩然抛出橄榄枝："吾爱孟夫子，风流天下闻。红颜弃轩冕，白首卧松云。"就连送孟浩然远行，李白也不吝笔墨，他把孟浩然的远行描绘得那样美，烟花三月下扬州，然后站在黄鹤楼头远望孤帆一片，直到视线中唯有水天相接。诗家每每为李白的不曾离去而感动，人都不见了，你还在望。得此殊荣确实只有孟浩然一人，即便李白心系王昌龄，也不过"我寄愁心与明月，随风直到夜郎西"，直白的表达，一贯的快意，抽刀断水、青天揽月的招式，何曾这等静静远望一个人。杜甫会无比羡慕吧，为你写诗，于他而言一直是梦寐。

不只李白，看到扬子江的刘眘虚思念起孟浩然也寄诗而去："寒笛对京口，故人在襄阳。"张子容每每生归隐之意都会想起孟浩然："因怀故园意，归与孟家邻。"孟浩然收获了丰厚的友情，而襄阳，这样一座城，成为友人们仕途疲倦时眺望的方向。几十年后，年轻的白居易路过襄阳时也不免为前辈的山水情怀触动："楚山碧岩岩，汉水碧汤汤。秀气结成象，孟氏之文章。"孟浩然虽不是他的故人，襄阳却始终作为一个乌托邦存在。

又显然，总会有人请客吃饭，来重阳节到家里做客，一起吃酒，于是看到"绿树村边合，青山郭外斜"，那里也是他的老朋友。

孟浩然不是没想过不出世，他只是散漫惯了，有时还要归结到准备不足。在长安考进士落榜那年，孟浩然曾在太学赋诗，以"微云淡河汉，疏雨滴梧桐"诗句压倒满座，名动公卿。本该有步入仕途的可能。适逢王维那夜皇宫当值，悄悄邀孟浩然来聚。两人聊得起劲，不想唐玄宗驾到，孟浩然惊避床下，他虽没像情景剧中主人公露出一段衣角，但王维不敢欺君，据实禀报。爱才的唐玄宗不拘小节，并不见怪，反让孟浩然把自己最好的作品读来听听。绝佳机会，有唐一代，无人如此，然而机会留给有准备的人，此为真理。那晚的思维必定混乱，他脱口而出："不才明主弃，多病故人疏。"人若不自弃、不自疏，没有人真的抛弃你、疏远你。他多年下意识地远离尘嚣，有意地为自己铸一座安逸的山水城池，唯在田园的国度中，他才淡定从容。渴望出世不是他的常态，连平日的准备，竟也是消极的。王维捏了一把汗，他知道孟浩然没机会了。他在一旁却无法指点，话要说得委婉，就像他做了状元，还能把落榜的綦毋潜安慰得舒舒服服。"圣代无隐者，英灵尽来归。遂令东山客，不得顾采薇。……吾谋适不用，勿谓知音稀。"无论是否考中，这都是一个圣明的时代，在圣明的时代里，那些隐士自然都出世了，你暂不被录取，但别说知音少。孟浩然的时代确实是圣代，他在仕与隐之间徘徊过，终因准备不足而闭上一扇窗。

孟浩然开始认真思考他到底要什么，最终的选择来到了。采访使韩朝宗想要带他入京，以便向朝廷推荐。那日，他有意让韩朝宗久久等待，这边和朋友喝得酩酊大醉。韩朝宗一怒而去，孟浩然在醉里终于清醒了：此生终于襄阳，何尝不是最好的选择？他想起写过的那些伪出世诗：

坐观垂钓者，徒有羡鱼情。（《望洞庭湖赠张丞相》
黄鹤青云当一举，明珠吐著报君恩。（《留别司马太守》）
明祠灵响期昭应，天泽俱从此路还。（《别皇甫五》）

如今统统作废。

开元二十七年（739），获朝廷大赦的王昌龄由岭南北返长安，经襄阳的时候他停住了脚步。借道襄阳，挚友安好？此时的孟浩然背上的疽疹刚刚恢复，便与王昌龄浪情谑宴，最要命的是他食了海鲜，病情一触即发。男人的情谊果然在杯酒之中，誓死也要与老朋友酣畅对饮。五十二岁，孟浩然心在襄阳、身老襄阳，与襄阳契合成一道风景供友人们回忆。回忆之余不免感叹，再也见不到的人，再也回不去的城。

开元二十八年（740）的深秋，王维赴岭南的路上途经蔡州襄阳城，他见汉水日渐东流，向长江延绵而去，而物是人非事事休，心下知道这是孟浩然设给他的空城计，不免潸然。

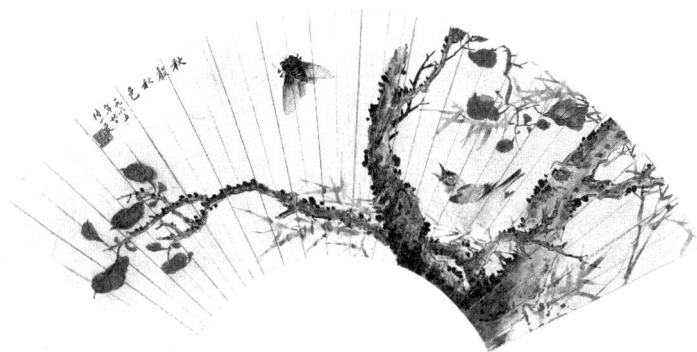

皇恩若许归田去，晚岁当为邻舍翁
——同去同归，成败也无所谓

重别梦得

柳宗元

二十年来万事同，今朝歧路忽西东。
皇恩若许归田去，晚岁当为邻舍翁。

戊戌变法失败了，梁启超才意识到王安石的变法实际上成功了。评判变法成功与否的关键在于变法取得的效果。王安石变法一直维持到他退休之年的第八年，后来宋徽宗继承王位，挥霍无度，心虚之余问宰相蔡京这般度日是否过了头，蔡京答照这等花销，国库的银子二十年花不完。王安石的功劳，变法的效果。梁启超彼时才知道他无法与王安石相比，史上但凡想推行变法的良臣，必定要承他人之不可承。柳宗元和刘禹锡就是这样，他们的变法史称"永贞革新"。

永贞，如鲠在喉。

多年后，柳宗元登上柳州城楼，一派荒芜，海畔尖山，愁思茫茫，风打芙蓉水，雨侵薜荔墙，他觉得天然若剑芒的柳州山随时可以割断一己愁肠，而长安是永远回不去的地方。他希望自己是一尊佛，所分之身遍布百千万亿恒河沙世界，每一世界化百千万亿身，每一身都坐上柳州的山峰，西南望长安，可怜无数山。他的故园久而久之成为一个符号。唯一值得安慰的是最好的朋友刘禹锡与自己一同走过了人生的大半光阴，起落升沉，同去同归。

贞元九年（793），柳宗元与刘禹锡同登进士第，贞元十九年（803），又同为监察御史，自此结下情谊，政治、文章、贬谪，直到多年后书写祭文，始终是文学史上的佳话。

新文学萌发的年代，新思想激进的岁月，培养了一批敢为天下先的臣子，救世济民的迫切，无所避忌的孤往，不加收敛的狂傲，在弊端丛生的现实政治面前锋芒毕露。为了更快地造福生民，可以不顾臣节，可以不计主暴、仁义、忠贞，所有的一切只为泽及苍生，年轻的柳宗元就这样在"春秋学派"的思想中不断发酵。年轻到无所顾忌，到一味速定速成，竟逃不脱中国思想中那人尽皆知的"中庸"，难道是普世真理？难道是英雄的宿命？成败，在中国历史上以多种方式演绎着，孤胆英雄和变节小人之间的界限模糊一片。超越公共准则的行为总难以逃脱历史的谴责，于是，"二王八司马"成为经典的中国制造。

简而言之，新继位的唐宪宗贬谪了怂恿父亲唐顺宗与自己对立的十位大臣：王伾、王叔文、韦执谊、韩泰、陈谏、柳宗元、刘禹锡、韩晔、凌准和程异。王伾被贬为开州司马，不久病死；

王叔文被贬为渝州司户，次年赐死。余下八人先后被贬为边远八州司马。这十位大臣推行的新政——"永贞新政"随之夭折，从推行到实施仅维持了146天，电光石火，昙花一现。王霸大业到万死投荒仅一步之遥。对道德和终极真理的虔诚、对政治责任的担当都没有错，唯有不该忽视对公共伦理的破坏。终于是成则王侯败则寇，没得商量。

柳宗元只觉得本是东风御前柳，却被移作蛮荒草。永贞元年（805）九月，他与刘禹锡一同开始了奔赴贬所的旅程，未过长江，新的圣旨传来：他被加贬为永州司马，刘禹锡被加贬为朗州司马。一路偕行，再沉重的铺天盖地，也有身边这个人一起承受。

洞庭，湘江，汨罗，永州。他终于觉得自己是一个囚徒。没想到与永州的山水一相伴竟是十载春秋。他始终肯定自己政治的清白，就像刘禹锡从未否认过参与"永贞革新"是错。

当英雄失路，总有人拍手两旁欢，总有人雪上加霜重，总有人落井下石沉。英雄成了一幅漫画供人欢颜，抑或成了开心之源。在一个缺少悲剧美、崇尚大团圆的国度里，失路也是一种耻。所以，怎么可以没有最爱你的朋友？难的是，庙堂之上与江湖之远在人世消磨中难免有了嫌隙，最幸运的是拥有同去同归的宿命，在同一战线上总会同仇敌忾、患难与共。柳宗元就是这等幸运，他有他的刘禹锡。

十一年囚居蚕食了健康，却未消磨壮志。第十二年的春天，恩诏传下：许你归来。投荒垂一纪，新诏下荆扉。疑比庄周梦，情如苏武归。柳宗元手中没有汉节，却像苏武一样，魂销诏书前，星夜打马北上，直到衡阳回雁峰。衡阳雁去无留意，正值阳春，所有的大雁都随他一起归来。十一年前南渡客，四千里外北归人。他在襄阳等到了刘禹锡，执手相看时，不得不流泪，当时相见各青春，如今青丝成霜鬓。

而后，最著名的"玄都观桃花门"上演了。再后来，柳宗元也想，如果那年玄都观没有如许的桃花，如果那首著名的《游玄都观》没有题到道观墙壁上，如果可以掩饰下心中的狂、笔下的蔑，结局会改变吗？"紫陌红尘拂面来，无人不道看花回。玄都观里桃千树，尽是刘郎去后栽。"这首诗成了最炫的话题，桃花成了整个长安城天空最美的姿态。柳宗元把被刷爆的桃花诗读了很多次，他鉴定自己和刘禹锡这次不会有好果子吃。果然，宪宗很生气，下新旨：远点贬。"桃花门"主角刘禹锡贬到播州当市长，男二号柳宗元贬到柳州当市长。

虽也震惊，想想应该是意料之中。柳宗元知道当朝宰相武元衡对当年的革新派有意见，桃花诗无异又得罪了新派权贵，刘禹锡的性子自己最清楚不过，他按捺不住的轻狂随时会轰动一时。留在长安也是凶多吉少，柳宗元这样安慰自己。这一次，柳宗元纵容刘禹锡了，纵然把两人的前途再次断送，因为桃花诗作得太妙，妙到他心里也十分快意。不过现实归现实，刘禹锡由着性子做事，不计后果。播州是今天的贵州遵义，当时绝少人烟，路途遥远，耄耋之年的老母亲如果跟他一起去播州，一路颠簸，有丧命的可能；如果不跟着去播州，留在长安老宅，这一贬不知何时才能准许回长安，这无异于诀别。生离死别，柳宗元自己就没有这种情况。他的母亲在到永州第二年就因水土不服病逝了，他已经失去母亲，不能让刘禹锡也失去母亲。他决定用自己的柳州跟刘禹锡的播州换。对此行为，宪宗不爽到极点，竟然谈条件。

一旁的裴度很着急，这位"永贞革新"时就看好柳宗元和刘禹锡的御史中丞一再在皇帝面前说好话，裴度智商很高，话说得委婉，是一位优秀的公务员。他说，陛下，您也在侍奉您的母亲，在行孝道，如果刘禹锡真的跟他的母亲生离死别了，恐被天下人非议，这对您以孝道引导百姓十分不利。宪宗觉得裴度是为他着想，遂把刘禹锡的播州改为连州了。连州就是今天的广东韶关，与柳州接壤，柳宗元和刘禹锡所辖地区紧紧相连。

还有什么比同去同归、同归同去更让人欣慰？元和十年（815）三月，返京后仅一个月的柳宗元和刘禹锡再次离京，远赴贬所。来路短，去路长。回雁峰矗立天边，等待两人的再次路过。这一次，唏嘘更胜前度。与刘禹锡相交的二十年中，一同拜官，一同谋事，一同遭受贬谪，一同万死投荒，而今却要在衡阳分别了。他彻底认命。

衡阳与梦得分路赠别

> 十年憔悴到秦京，谁料翻为岭外行。
> 伏波故道风烟在，翁仲遗墟草树平。
> 直以慵疏招物议，休将文字占时名。
> 今朝不用临河别，垂泪行行便濯缨。

十年贬谪刚刚结束，以为回到京城后还可以大展宏图，谁知道这次被贬得更远。柳宗元和刘禹锡路过汉代伏波将军马援当年征南的古道，祠庙仍在，却画檐蛛网，尽日惹飞絮，祠庙前的翁仲石像也被荒草掩埋。

刘禹锡怎会不知道柳宗元的懊恼，他知道柳宗元说"直以慵疏招物议，休将文字占时名"，这是影射桃花诗一事，他完全接受，更感谢柳宗元的宽容，这些年同他风雨兼程。柳宗元则想起长安的老宅，他想在终南置一处田宅，闲来无事，与刘禹锡对饮南山，岂不美好？他想到的一切美好，不知道能否实现？但愿皇恩浩大，许他再回长安。

重别梦得

二十年来万事同，今朝岐路忽西东。

皇恩若许归田去，晚岁当为邻舍翁。

他许给刘禹锡这样一个美好的约定。刘禹锡信手写下答诗：

重答柳柳州

弱冠同怀长者忧，临岐回想尽悠悠。

耦耕若便遗身老，黄发相看万事休。

那些快意书剑的日子已然前生，尚属未来的渺茫耦耕更令人慨然生悲。弱冠春风题同榜，青年同朝啸风云，半生光阴谪路月，相对白发更苍苍，垂垂老矣……有谁，能还给他们当年的壮怀激烈？已是壮年、鬓发星星的柳宗元和刘禹锡抱头痛哭潇湘畔。

柳宗元把他的余晖都洒在了这片荒凉的土地上。四年柳州刺史，千古芳名流传。柳州，他命中注定的归宿。当扶着老母亲灵柩北归的刘禹锡再次路过衡阳回雁峰，柳宗元誓死的书信传到。他峰前恸哭，柳宗元永远地失约了。

与他最终成为邻舍翁的是另外一个人。

四十七岁的柳宗元离刘禹锡而去，五十二岁的元稹离白居易远去，最终以刘禹锡、白居易结为挚友作为结局，他们是真正的邻舍翁。同龄的刘禹锡和白居易晚年一直诗文相伴，不断唱和。那些过往，都似浮云渐远，沉舟侧畔千帆过，病树前头万木春，他们的晚年，才是最美好的春天。彼此以淡定从容之态向长埋地下的挚友致敬：我尚安好，无须挂念。

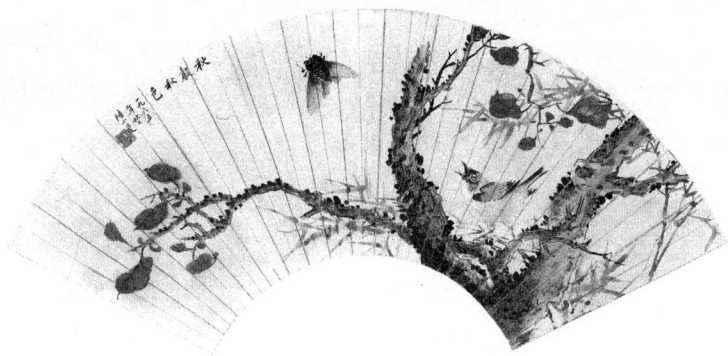

只有安仁能作诔，何曾宋玉解招魂
——遇见未知的自己

哭刘司户

李商隐

上帝深宫闭九阍，巫咸不下问衔冤。

广陵别后春涛隔，湓浦书来秋雨翻。

只有安仁能作诔，何曾宋玉解招魂。

平生风义兼师友，不敢同君哭寝门。

　　纵容一个人和他诡异的行为，往往因为自己也想这样却不能，所以保护他，就像保护自己。这一生究竟会遇到多少个自己，答案应该是很少，再加上浮槎来浮槎去不相逢，大概只有那么一人而已，孤愤、勇敢、真实、热情、直言、幼稚、落寞，不乌合、不苟且，遗世独立、卓尔不群。这样的自己多么难能可贵，这样的自己还存在，孤独就迟来一刻。

李商隐知道，刘蕡是另一个自己。遇见刘蕡，他潜藏在心底的呐喊才得以释放。也许那个年代的士人都想放声大喊，但他对呐喊的渴望更为强烈。

元和后期，万马齐喑的年代。权纲驰迁，王守澄、仇士良这样的宦官相继控制皇权，皇帝沦为傀儡。唐文宗时期，宦官控权达到了顶峰，士人多被控制，却无法控诉，绝对沉默。而刘蕡，是第一个呐喊的人。他把呐喊写在试卷上：

"陛下何不听朝之余，时御便殿，召当世贤相老臣，访持变扶危之谋，求定倾救乱之术，塞阴邪之路，屏褒狃之臣，制侵陵迫胁之心，复门户扫除之役，戒其所宜戒，忧其所宜忧。既不得治其前，当治于后；不得正其始，当正其终。"

这只是其中一小段。洋洋洒洒，不见得那么有文采的文章最后把矛头指向专权的宦官：我说的奸臣就是你们，我劝皇帝灭了你们，且亡羊补牢，为时不晚。

敢把矛头直指当时权势炙手可热的宦官，刘蕡的胆识确实非同寻常。其论述亦切中时弊，"慨然有澄清之志"。因此，刘蕡出名了。士人们感觉到无比的舒服，堵在胸口的怨气喷薄而出。沉默久了，就愿意遇到出格的人。

李商隐的快感接踵而来。

更著名的段子是，在复试中，刘蕡被淘汰了。那一年的进士李邰向皇帝陈情："刘蕡下第，我辈登科，实厚颜矣！"

一句话，把所有上榜的考生都拉下马了。当然，那年所有的榜上有名者都大爱刘蕡，毛泽东曾写诗评价刘蕡是"万马齐喑叫一声"，他们渴望这"叫一声"很多年，刘蕡达成了他们的夙愿，简直大快人心，因此李邰高举刘蕡是无须商量的，他们也不怕被宦官认定为结党营私的初体验。

刘蕡的呐喊固然可敬，李郃的让贤更让人钦佩，有几人愿意将进士之位拱手让人，要知道，落得美名极有可能，触犯龙颜不是不能。终于，座主杨嗣复因惧怕宦官仇士良专横未将刘蕡录取。

这样的刘蕡，李商隐深深敬仰。

李商隐并非只会花前月下与女道士幽会的文人，并非只会对着空余一颗樱桃的樱桃树感叹半日，并非只会徘徊在牛李两党之间难以决断。除了爱情，他功成隐退、白发江湖的热忱从未消歇。安定城楼之上的那些信誓旦旦从未成为追忆，更不曾惘然。终其一生，他都以茂陵秋雨病相如的姿态渴求每一次待诏金马门。只是，他选择一唱三叹的委婉来表明心志，越是委婉，越是渴望像刘蕡一样，将胸臆喷涌而出。

他做不到的事，刘蕡替他做了。他不再孤独，在心底，他将快意地纵容刘蕡，爱着、供着、宠着、顶着，尽他最大的力量。当他穿着白袷衣，在令狐楚幕府的宴席中与刘蕡隔座而坐时，他尊他为师，亲他为友。

彼此飘零多年，直到大中二年（848）的春天，李商隐奉使江陵，归途中在洞庭湖南岸的湘阴黄陵遇见刘蕡，刘蕡正从柳州司户参军内迁为澧州司户参军。澧州在洞庭湖西北，离澧水入湖处很近，刘蕡正好去赴澧州员外司户之任，两人一南行返桂，一北行至澧。相见时难，刘蕡从会昌元年贬柳州司户，至此已首尾八年，没想到两人在万里之外的楚地相遇，既欢而悲。此时的刘蕡，如同燕鸿振翅初起即遭受狂风摧折，目击白日为昏，风吹浪涌，连山石都摇动起来，而小船摇荡可危。刘蕡所遭受的一贬再贬，让李商隐难以相信朝廷，那些求贤若渴不过是一种姿态。

唯有难过。细思来，吟出一首诗：

赠刘司户（蕡）

江风吹浪动云根，重碇危樯白日昏。

已断燕鸿初起势，更惊骚客后归魂。

汉廷急诏谁先入，楚路高歌自欲翻。

万里相逢欢复泣，凤巢西隔九重门。

万里相逢，匆匆作别，不想自此再不能相见。

其实，在李商隐的悼诗中，《哭刘蕡》并不是最美的一首，但是那种痛彻心扉的感觉让人不得不对这首诗反复诵读。情之

至，痛之彻。李商隐终于失去了刘蕡，长久以来储藏在体内的力量消散了。他失去了他自己，在唐宣宗大中三年（849）这年的秋天。

天帝的使者巫咸没有从九天而下，调查刘蕡的冤情，是天帝无情，还是造化弄人？自广陵别后，山水遥遥，思念若绵绵若春涛，绿意荡漾。溢浦传来噩耗如凄凉之秋雨，翻搅心头。春与秋，暖与冷，生与死，百般滋味，李商隐的眉间放不下一字宽。站在京兆府的门前眺望，终南山隔住视线，江州不可见，唯有秋雨无际，一场梦魇。你在哪里？从此阴阳相隔吗？

他唯有一支生花妙笔，可以写下思念。

哭刘蕡

> 上帝深宫闭九阍，巫咸不下问衔冤。
> 黄陵别后春涛隔，溢浦书来秋雨翻。
> 只有安仁能作诔，何曾宋玉解招魂。
> 平生风义兼师友，不敢同君哭寝门。

西晋的潘安最擅长写哀祭文，战国的宋玉以一篇《招魂》尽诉哀思，惜招魂楚些何嗟及，山鬼自啼风雨。不会有归来的魂魄，一切英灵自远游。

他遇见过，崇敬过，怀念过，最终失去。

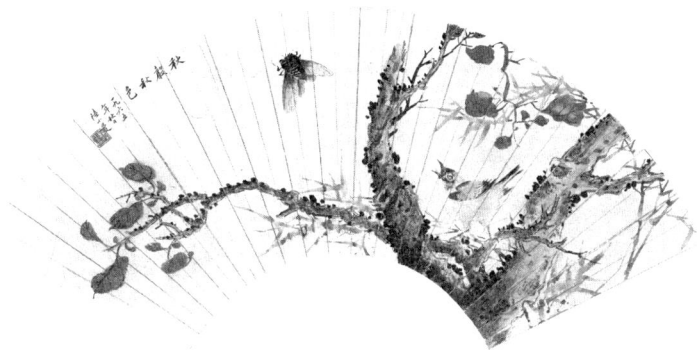

劝君更尽一杯酒，西出阳关无故人
——当你回来，我已不在

送元二使安西

王维

渭城朝雨浥轻尘，客舍青青柳色新。

劝君更尽一杯酒，西出阳关无故人。

难以喜欢语文课本中的诗歌，主旨、大意、翻译、背诵，外加诗眼，一切都模式到麻木，诗的美，诗的好，诗的妙，统统体会不到；最终，以填空的形式出现在高考卷纸上，一字一分；也许因为写错一字，在千军万马中落下阵来，古来征战，从来愁云惨淡万里凝。

唐诗的美，送别的情，就这么战死沙场。

而战死之前，竟不知是怎样一番情。

语文老师说：早晨的细雨打湿了渭城的沙尘，青砖绿瓦的旅店和周围的柳树都显得格外青翠欲滴和明朗。请你再喝一杯离别的酒，只因为向西走出了阳关，就再也碰不到老朋友了。

再滥不过的饯行，再客套不过的下酒词。王维竟顿时俗了起来。如果不是后来得知他也有"行到水穷处，坐看云起时"，也有"木末芙蓉发，纷纷开且落"，都要封杀此人了。我是幸运的，而王维的禅，禅的王维，因为入选语文课本，曾与多少人浮槎来浮槎去，不相逢。或者不能责怪入选，只是讲解的人莫名其妙。更或者，不是讲解的人不得其要，从古至今我们只是一味渲染了情，比如经过装点的《阳光三叠》歌词：

清和节当春，渭城朝雨浥轻尘，客舍青青柳色新。劝君更尽一杯酒，西出阳关无故人！霜夜与霜晨。遄行，遄行，长途越渡关津，惆怅役此身。历苦辛，历苦辛，历历苦辛，宜自珍，宜自珍。

渭城朝雨浥轻尘，客舍青青柳色新。劝君更尽一杯酒，西出阳关无故人！依依顾恋不忍离，泪滴沾巾，无复相辅仁。感怀，感怀，思君十二时辰。参商各一垠，谁相因，谁相因，谁可相因，日驰神，日驰神。

渭城朝雨浥轻尘，客舍青青柳色新。劝君更尽一杯酒，西出阳关无故人！芳草遍如茵。旨酒，旨酒，未饮心已先醇。载驰驹，载驰驹，何日言旋轩辚，能酌几多巡！

千巡有尽，寸衷难泯，无穷伤感。楚天湘水隔远滨，期早托鸿鳞。尺素申，尺素申，尺素频申，如相亲，如相亲。噫！从今一别，两地相思入梦频，闻雁来宾。

这番山长水阔、迢递重城的思念！一次客套的送别被演绎得情深义重。偏晚唐李商隐又说"红绽樱桃含白雪，断肠声里唱阳关"，真个把这首诗和"断肠"联系到一起，这绝不是男人心目中的送别。如此渲染，也怪不得语文老师了。

那么怎样解释这首诗更为好？

唐人作诗时，有个很煽情的思维，叫"从对面想来"，拿到今天来说，这种写作思维早烂俗了，我如何如何，我在做什么，我想，你肯定也在想着什么什么，做着什么什么。这样的以己度人。比如"今夜鄜州月，闺中只独看。……香雾云鬟湿，清辉玉臂寒"，比如"想得家中夜深座，还应说着远行人"。王维更是惯常此类思维的诗人。重阳节那天，远在他乡的他从亲人的角度思考：登高望远时，身边少了一个王维；朋友送他下山，他以朋友问他的口气写："春草明年绿，王孙归不归？"

他总喜欢抽身而出，以第三方的角度打量诗中的他人和自己，诗中的自己也成了被打量的人，入其内，出其外，他乐此不疲地玩着出入的游戏，就像三十岁以后在朝堂与辋川别墅间往复回环，亦官亦隐。

如果王维没那么俗，《送元二使安西》就是一首"从对面想来"的佳作。

《送元二使安西》是王维晚年之作，其创作年代估计在"安史之乱"以后。"安史之乱"爆发后边兵大量内调，《资治通鉴》就记录了这一史实。元二就是这时将赴安西的。王维不是不知边疆苦，他所处的年代，各种民族冲突加剧，唐王朝不断受到来自西面吐蕃和北方突厥的侵扰。开元二十五年（737）河西节度副大使崔大逸战胜土蕃，唐玄宗曾命王维以鉴察御史的身份出塞宣慰，察访军情，沿途他写下了《使至塞上》《出塞作》等边塞名篇。对于那个年代，"古来征战几人回"是最平常的事。

多年后，元二是否会平安归来？

平安归来时，垂老的我还在吗？

元二什么时候回来的，或者回没回来，一切无从得知，王维却在元二赴安西的几年后辞世了。你西出阳关之时，我已不在。

我相信这是王维的本意，一句"西出阳关无故人"是对未来的构想，你已回来，我已不在。

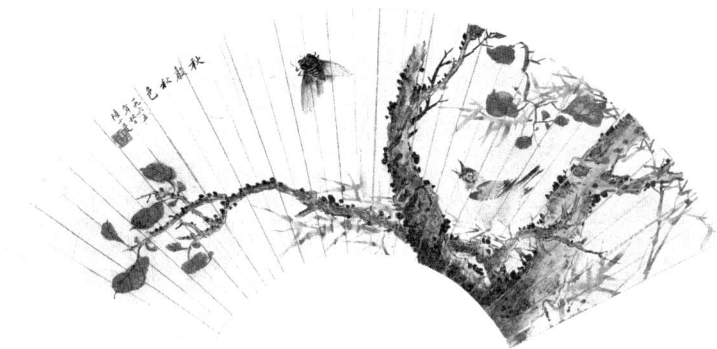

桃花潭水深千尺，不及汪伦送我情
——万水千山，我亦寻你回来

　　世间情思万千种，归而言之大体四类：亲情、友情、爱情，以及第四类称之大爱。大爱是最善良的，不分是非亲疏的爱护，甚至超越种族；爱情是最复杂的，由大爱开始，友情灌溉，亲情升华，最后变成责任变成习惯；亲情是最牢固最出于本性的，是无怨无悔不计代价的付出；友情是最纯净最无利益瓜葛却能使两个不相干的人因为默契而交心照拂一辈子，却又因为保持了距离而自在从容，心无猜忌。

赠范晔

　　折花逢驿使，寄与陇头人。

　　江南无所有，聊寄一枝春。

　　此诗是陆凯率兵南征时所作，他在戎马倥偬中登上梅岭，正值红梅怒放，满山皆红，他想起好友范晔，陇头的都山花也烂漫了吧？恰逢此时有驿使北上，于是他那"虽统军众，手不释书"的儒将形象跃然纸上。《赠范晔》寥寥二十字，简朴而不简单，平淡而不平凡，情真意切，暖意深流。

还有元稹的："残灯无焰影幢幢，此夕闻君谪九江。垂死病中惊坐起，暗风吹雨入寒窗。"（《闻乐天授江州司马》）却说那时贬谪他乡，又身患重病，命悬一线间，居然听到了白居易被贬江州的消息，于是恍若一声惊雷，将他从昏沉中惊醒。后来元稹将这首诗作寄到江州以后，白居易读了感动非常。他在给元稹的信中说："此句他人尚不可闻，况仆心哉！至今每吟，犹恻恻耳。"（《与微之书》）当一个人自身深陷逆境还垂死挣扎的时候，依旧心心念念自己老友的不幸，还有什么能形容这种深切的羁绊？

然而友情也分很多种，有感同身受的兄弟情谊，有两肋插刀的生死之交，有轻松自在的平辈之交，有亦师亦友的莫逆之交，有萍水相逢的点头之交，有淡然如水的君子之交，等等。还有一种神奇的友谊，建立在钦慕之上，让两个素昧平生的人，万水千山地相逢，并从此有了万古流芳的赤子情怀。

历史上有个李白，还有个提起他来就会想到的人——汪伦。众人皆知有首《赠汪伦》，认为李白与他必定极为交好，方能写出这么直白可爱的诗文。历史上的这两个人之间，却有一段"单相思"的渊源。

汪伦，又名凤林，他很有才学，却不愿做官。曾任泾县令，卸任后由于留恋当地的桃花潭，特意举家搬迁至泾县隐居。他对李白佩服得五体投地，日夜吟诵喜欢得不得了，总想着有朝一日能见到李白，能与他彻夜长谈。为此他甚至早早地做了准备：他知道李白好酒，便用最好的糯米和高粱酿造并常年封在地窖里，只等李白前来开坛。

这天汪伦听说李白旅居到了南陵叔父李冰阳家，大悦，所谓山人自有妙计，他回家修书一封，上曰："先生好游乎？此处有十里桃花。先生好饮乎？此处有万家酒店。"李白一见如此投其所好，又知汪伦乃一方豪士，便欣然应邀而至。见面后，李白举目四望，满目荒芜，既无十里桃花，又无万家酒楼，不禁疑惑。汪伦便搬出用桃花潭水酿成的美酒与李白同饮，并笑着告诉李白："桃花者，十里外潭水名也，并无十里桃花。万家者，开酒店的主人姓万，并非有万家酒店。"李白听后大笑不止，并不以为被愚弄，反而被汪伦的盛情所感动，粲然道："临桃花潭，饮万家酒，会汪豪士，此亦人生快事！"

适逢春风桃李花开日，群山无处不飞红，加之潭水深碧，清澈晶莹，翠峦倒映；而村落中鸡鸣狗吠，桑陌纵横，村人和睦，老少无忧。汪伦乘机留李白连住数日，与众村人每日热情款待，别时送名马八匹、官锦十缎。

几日后李白在东园古渡乘舟欲往万村，登旱路去庐山，汪伦在古岸阁上设宴为李白饯行，又恋恋不舍地和着村人踏地而为的节拍唱着山歌相送，并挑来两坛酒赠予李白。李白的船在江面上渐行渐远，歌声仍旧缭绕，他不忍回头，却见汪伦仍旧站在岸边用目光追寻他的身影，见李白回头不禁自喜地连连招手。李白心下暖流翻涌，诗兴大发，口占了一首绝句《赠汪伦》：

赠汪伦

李白乘舟将欲行，忽闻岸上踏歌声。
桃花潭水深千尺，不及汪伦送我情。

诗中的友情，就像汪伦那坛尘封经年的美酒，历经千年，仍能让读者觉察到那脉脉温情。汪伦的赤足踏歌，追寻友人的身影，在时空中不断跳跃，而李白的那一回眸，由心而生的那首朴实无华的赤子之诗亦让后人读后留香。

如今的我们，可还记得儿时对玩伴说过的稚嫩誓言？

"一辈子的好朋友。"

"嗯，拉钩、上吊，一百年，不许变。"

我们与纯真越行越远，率真坦白的诚意渐渐被冷漠替代。于是越来越孤独，无拘无束的快乐和因真诚而盈泪的感动都渐渐地失去了。

你且闭眼，再读古人的故事，他们是不是就如孩童，在那里拍手唱歌：

找呀找呀找朋友，找到一个好朋友，敬个礼呀握握手，你是我的好朋友。

第五章

沧海珠泪——爱情

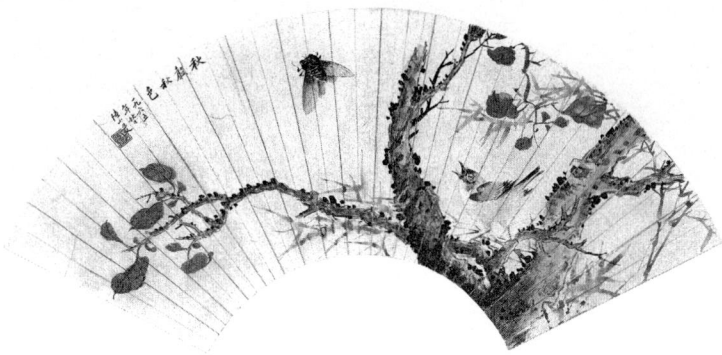

若是晓珠明又定，一生长对水晶盘
——爱而不得的遗憾

碧城三首

李商隐

碧城十二曲阑干，犀辟尘埃玉辟寒。

阆苑有书多附鹤，女床无树不栖鸾。

星沉海底当窗见，雨过河源隔座看。

若是晓珠明又定，一生长对水晶盘。

俗世里，有太多东西是无可挽回的，比如年少时的遗憾。再见她的时候，美人如花隔云端，李商隐的遗憾突然脉络清晰，历历可循。

年少，是太美好的一个词，像是初春远处的轻雷，像是骤雨初歇的碧空，干净，鲜活，懵懂。而年少的爱情，是轻雷后雨，是碧空流云，是最起初的氤氲之境，是一切鲜活的生命等不及的崩裂和生发。遇见她，便是这样的年少时光，遇见这样的爱情。

李商隐的记忆里，当时的道观洁净澄澈，宝华绽放。他遇见宋华阳，小儿女情窦初开，一切如在仙境。玉阳山上，采采流水，碧桃满树，一切都似只为他们而存在，有情人心境，繁复旖旎，或昭昭如九天重日，或阴阴如山雨欲来。李商隐沉浸在这喜忧变换的梦境里，不知今夕何夕。

可是，学道不过是李商隐遁世的手段，而宋华阳的身份，也是不能自主的。常常幽期密约的两人，开始面临现实的考量。最初，李商隐信誓凿凿地说"春蚕到死丝方尽，蜡炬成灰泪始干"，可是落拓才子和侍女道人之间的誓言，非但不能感天动地，就是稍稍改变现状也是不能。在现实的威逼和个人的无能为力下，李商隐发出了"偷桃窃药事难兼"之叹。"十二城中锁彩蟾"，原本的人间仙境，变成两人桎梏。这段感情里，宋华阳是犹疑畏难的。所以我们氤氲敏感的义山才子不由怨叹"玉楼仍是水精帘"。

造化弄人，两人终是劳燕分飞。

爱别离，怨长久，求不得，放不下。这一段感情，这四种苦楚，义山逐一经历。别离的最初，李商隐每到夜来，辗转反侧，常有自苦怨人之想，他说："嫦娥应悔偷灵药，碧海青天夜夜心。"他想象着她的悔，他以她的悔来慰藉自己的怨。诗经有云："不我以，其后也悔。"他怨她，他心心念念，他恨自己的无能为力，他怨这女子对爱情没有破釜沉舟的勇气。他们错过了，他的眼里，她还是仙人玉姿，写诗的时候，她还是在云端，她在的地方，是碧城，是阆苑，是女床山。比如这首诗：

碧城十二曲阑干，犀辟尘埃玉辟寒。

阆苑有书多附鹤，女床无树不栖鸾。

星沉海底当窗见，雨过河源隔座看。

若是晓珠明又定，一生长对水晶盘。

有时候，性格决定语言习惯，有没有人在一句类似誓言里放两个指代，且双重？晓珠是明月，水晶盘是明月，而所有的明月都是你。我知道李商隐是绝不会说出"狂风吹我心，西挂咸阳树"这样的话的，他说"雨过河源隔座看"，这段没有指望的爱情，对他，亦是来不遇兮意不传，见了，也是红楼隔雨相望冷，徒增烦恼；不见，如何挨过一夜夜的孤灯不明思欲绝？

也许，一个人怨了多久，便是爱了多久，电影《李米的猜想》里，李米说我一定要找到他，然后骂一句："你他妈的怎么不去死啊！"她说她一定要骂出来。像是李商隐直到晚年还惦念着要见宋华阳，是不是他也是只为了这一句"若是晓珠明又定，一生长对水晶盘"。他们爱别离，求不得，但是他要告诉她，如果你当时心意明定，我是一定一辈子不辜负你的。

李商隐写诗爱用神话典故，且意蕴流动，所以他的诗有一种非在人间的美，也许只是性格使然。他这样的人，绝对惮于说"长相思摧心肝"，他更擅长婉转迂回。他顾左右而言他，他是琉璃心肠温吞火，那些文字绕啊绕，便在他的心里炼化得如珠如玉，他用无数的典，来模糊最想说的话。他心目中忘不了的玉阳山是"碧城"，他忘不了的道观是"阆苑"，是"女床山"。他回忆里那些柔情蜜意的晨昏在笔下也成了"星沉海底""雨过河源"，而他最重要的心意最深切的遗憾，到这里是"若是晓珠明又定，一生长对水晶盘"。所以读他的诗，像是在品味一段经年的惆怅，每个字都遗憾似不得酬答的愿望。

此情可待成追忆，只是当时已惘然。

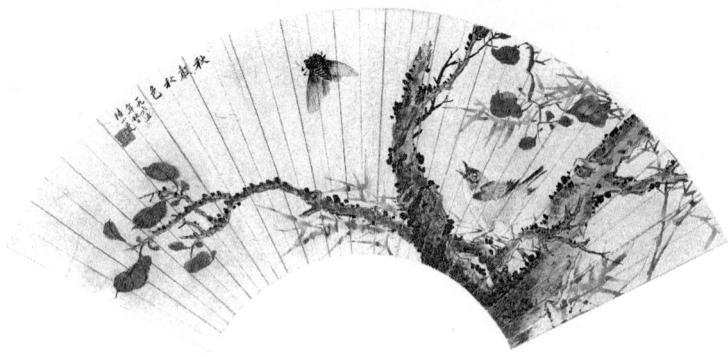

等是有心求不得，因何重有武陵期
——芳华落尽后寂寞的红

牡　丹
薛涛

去年零落暮春时，泪湿红笺怨别离。
常恐便同巫峡散，因何重有武陵期。
传情每向馨香得，不语还应彼此知。
只欲栏边安枕席，夜深闲共说相思。

无论如何，锦官城和浣花溪都是浸透尘缘的名字，薛涛自嘲地笑着，选了此处隐居，那便不是"隐"了。犹记当年，诗酒趁年华，"万里桥边女校书"诗名远播，或者是艳名远播，诗酒浮名诗词唱和把热闹镶进骨子里，她早已习惯了那些"钿头银篦击节碎，血色罗裙翻酒污"的日子，纵脱了乐籍，若从"一枝红艳露凝香"过渡到"雨打梨花深闭门"，似乎还缺少些什么。

她三十几岁了，写过很多诗，看过很多诗，那些才子名士，争相来博取她的一顾，一首诗若是博得她的一赞一笑，一曲清歌，一盏酒，都是颇为香艳且自得的佳话。是的，香艳，她尤为清楚，他们赞她的诗“无雌声”。她只是笑，若是寻求“无雌声”，盛唐诸公哪一位不是气象宏大境界高远，为什么还要殷殷地捧着诗文来求我这虚名的“女校书”阅览呢？有诗名的女人不过是更高端的声色之欲罢了。过去的岁月里，薛涛一径笑着，把无数人的梦染成绯色，成全一个个当事人津津乐道的“佳话”。可她知道，这眼角眉梢的暧昧官司不是爱情，韦皋的豢养更不是。浣花溪水悠然明净，花须柳眼各无赖，紫蝶黄蜂俱有情，薛涛置身其中，浣花笺，薛涛井，似乎都在等待什么。这浓烈的女子，若不等来她的酴醾一季，如何甘心花事了。

她，等来了元稹。

和其他与薛涛交游的文人相比，元稹不是最出色最有才的，也许，不过是因为他来得刚刚好。四十一岁的年纪，即便放在当代，也是岌岌可危了，纵是艳冠群芳，也行近明日黄花。若是高朋满座胜友如云时，元稹未必能得到如此青眼。也许一切不过如元稹的诗句“不是花中偏爱菊，此花开尽更无花”。元稹，恰好是做了薛涛的最后的一季花。

有时候，人更信任自己擅长的东西，比如诗人文人，都更信任纸上千秋，且文人更重知音。薛涛毫不例外地需要有人赏她识她怜她惜她，其实，恐怕每个女文人都需要一个肉麻恋人，比如胡兰成之于张爱玲，比如元稹之于薛涛。她需要有人配合她的孤高自诩，她怕她的骄傲如游丝飘摇落不着实处。这是悲剧，也是现实。

　　女诗人遇到登徒子，轻易便可以把恋情谈得旖旎婉转。两人之金风玉露一相逢，薛涛是欢喜的。她沉醉在这个小自己十岁的男人的温柔乡里，不念往日奢华，但求岁月静好。其实，薛涛明明是清楚明白的人，看她写给韦皋的《十离诗》，低回婉转但界限分明。她退，她做小伏低，她自污为宠，但她保留自己的心。年轻时清楚若此，所以说，岁月对于女人的摧毁是摧枯拉朽式的。终于有一天，薛涛也会老，她不及泼洒的一腔热火和即将形单影只的危险是她的内忧外患。钱钟书说："大龄青年谈恋爱，就像老房子着火。"薛涛，是老房子。元稹，是她的流离火。

　　于是一发不可收拾。薛涛写"双栖绿池上，朝暮共飞还。更忙将趋日，同心莲叶间"。元稹裹挟这一腔柔情蜜意的说盟说誓，斩获颇丰，当代奇女子才女子的薛涛，成了沉迷于爱情的小女子，她想的是双宿双飞，白头偕老。旧时歌女的爱情三字箴言，不是"我爱你"，而是"带我走"。元稹答应带她走，只是时间概念比较模糊，是回来接她。不知道薛涛知道与否，元稹对崔莺莺，也说回去接她的。

　　薛涛开始了她的等待。锦官城，浣花溪，薛涛井，现在看，每个名字都花月春风。可当时，这些又寄托了多少薛校书的深情婉转相思无奈？负心人的离开，无外乎是渐行渐远渐无声。奈何薛涛仍是盛名才女，即便元稹无心，还有其他人带来消息。最初，听闻他安定了，但是没有来，薛涛写"知君未转秦关骑，日照千门掩袖啼。闺阁不知戎马事，月高还上望夫楼"。你没有来，日照千门，寂寞倾城。或许你有我不了解的苦衷，所以纵使掩袖悲啼，我的等待还在。重门深院静，不知道薛涛会不会想起，当初，韦皋也说要带她走的。她拒绝了。不爱，便相忘江湖；爱，落得相思重楼。

　　不知道元稹如何作答，一年后，他娶了小妾。安仙嫔，很人世烟火气的名字，薛涛想着：她美吗？她也秦歌楚舞妙笔生花吗？浣花溪流水盲然，花红易衰似郎意，水流无限似侬愁。薛涛到底等了元稹多久，那一年她写下了这首《牡丹》：

> 去年零落暮春时，泪湿红笺怨别离。
> 常恐便同巫峡散，因何重有武陵期。
> 传情每向馨香得，不语还应彼此知。
> 只欲栏边安枕席，夜深闲共说相思。

　　"泪湿红笺怨别离。"著名的薛涛笺风行于多少文人墨客的怀袖，可是薛涛渐渐失去了安放她的怀抱。"常恐便同巫峡散，因何重有武陵期。"薛涛仍在等。她认为一朝相知便是地老天荒，还想着心有灵犀，"传情每向馨香得，不语还应彼此知。"但是这一次，她等来了另一个人的一首诗。白居易《与薛涛》："峨眉山势接云霓，欲逐刘郎此路迷。若似剡中容易到，春风犹隔武陵溪。"文人之无赖相，简直让人看不得。短短二十八个字，蕴藏了多少流氓心意！你纵是峨眉山秀，倒追我们元稹也是前路凄迷。这边厢春风犹隔武陵溪，你因何重有武陵期啊？

　　佳期不可再，风雨杳如年。薛涛终是醒了。

　　她改了道装，深居简出。她的世界，关于爱情这一场落幕了，此后的日子里，她动用所有的骄傲守口如瓶。浣花溪旁"明月自来还自去，更无人倚玉阑干"。

　　我们站在历史之后看元稹颇为滑稽，一个女子的痴情在他理直气壮的背负下，成了一个"始乱终弃"的成语故事。他狎妓纳妾，调戏人妻，丝毫不妨碍给亡妻韦从的悼诗写了一首又一首。他离开薛涛十二年，尚有脸寄诗云"别后相思隔烟水，菖蒲花发五云高"。想来彼时薛涛亦是厌的，十二年足够看通透一段感情、一个人，当元稹再把这"锦江滑腻蛾眉秀，幻出文君与薛涛"的肉麻句写出的时候，薛涛心底是不是也如张爱玲一般蹦出三个字："无赖人"。胡兰成不也是多年以后还在说，张爱玲是民国世界的临水照花人。

　　他抛弃她，多年之后却念念不忘反复提及，不是因为缘深情长，只是因为她是有格调的女人，她是他的风流史上最有名的女人。她这厢心伤难愈，他已可以显摆她是他心头的朱砂痣。他需要高华的女人来担当他高华的妄想和诗，毕竟，有几个女人当得起"言语巧偷鹦鹉舌，文章分得凤凰毛"？卓文君来不及了，薛涛总是勾搭过的，如不拿来写一写，似乎也辜负了文人风流。

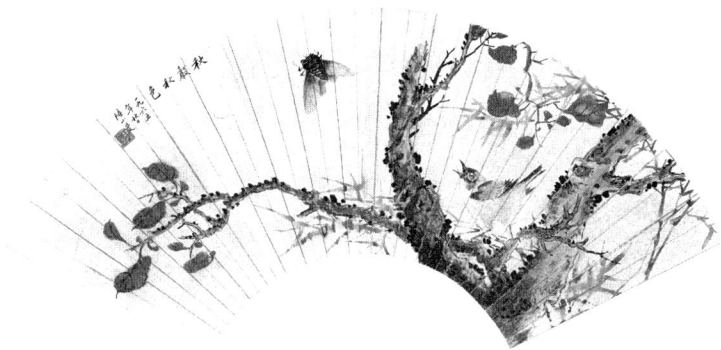

今夜鄜州月，闺中只独看
——最是不舍你的笑颜

月　夜

杜甫

今夜鄜州月，闺中只独看。

遥怜小儿女，未解忆长安。

香雾云鬟湿，清辉玉臂寒。

何时倚虚幌，双照泪痕干。

　　黯然销魂者，唯别而已矣。古往今来，不知有多少迁客骚人佳侣怨偶"造分手而衔涕，感寂寞而伤神"。而在唐诗这浩瀚海洋里，又包含了多少离情别意，婉转愁肠。文人之长，以物寄情。又有何物能比千里共余晖的明月更能寄托离思呢？

　　安史之乱爆发后，社会混乱，生灵涂炭。杜甫在至德元载（756）携家眷到鄜州避难，寄居羌村。同年七月，唐肃宗在灵武即位，八月，杜甫闻讯，将家眷安置在鄜州，只身奔赴肃宗所在。不幸中途被叛军所执，拘于长安。数月后潜逃出长安，假道到达凤翔。这首《月夜》便是杜甫身陷长安时所作。

彼时，被安禄山攻陷的长安城宫殿焚烧，生灵涂炭，诗人被拘其中，触目所见，遍布疮痍，自己和国家皆是前程未卜，其忧心如焚，感时恨别之情，言之不尽。此情此景逢明月，更加中心是灼，思及家中妻儿，山川异所，唯有明月同照两地，想象此时家中妻子亦望月思念自己，其愁肠百结之状，实是一片忧心千万绪，人间没个安排处。明月撩人相思，倍消磨人，张九龄言"海上生明月，天涯共此时"，旧时人分别，天长路远，鸿雁在天鱼在水，别情难寄。也许只有明月，两地凝望，千里共婵娟。月之寄情，照之有余晖，揽之不盈手，望之伤怀，不望吧，连这伤怀也无处寄托，所以明月于离人，半是诱引，半是慰藉。月下之诗人，心驰鄜州，不可断绝。

古今伤别情诗，不可计数，杜甫此首《月夜》之格外动人，也在于其独特的视角。月出皎兮，诗人在长安思念妻子，可是诗人并不作如是写，而是写妻子在鄜州思念自己。我思念你，我思念你如何思念我，视角变换，这思念里便多了爱怜的成分。换我心为你心，始知相忆深。情到深处，其义自现，诗人在长安望月，想象着，鄜州的月亮也应是这样清辉无限吧！妻子独在家中，对月起愁思。其时战事混乱，别后不知君远近，道路阻长，会面无期，这思念里又平添忧伤惦念。战乱年月的离愁别绪，一面是"家书抵万金"的殷切，一面又是"反畏消息来"的忐忑，明月千里，诗人在此端寸心可可，想着妻子在家中亦如是焦心，可是儿女尚小，还不能体会妈妈的忧愁。所以月光的美更加凄清，诗人想象妻子辗转难眠，步出卧房，中庭地白，徘徊良久，以致冷露无声云鬓湿，清辉玉臂愁难挽，独坐愁城，衷肠无处可诉之状，倍加怜惜，倍添思念。

值得一提的是，当时诗人已经四十五岁了，用他自己的话说"白头搔更短，浑欲不胜簪"，既没有了"会当凌绝顶"的豪气，还没修炼来"天地一沙鸥"的超然。中年人的相思别情，已经不是风花雪月的缥缈凄美，而是沉郁深痛，离开家庭妻儿，仿若老树离根。又不仅仅如此，诗人以社稷安危为念，妻子亦有家庭儿女之责，都不是轻飘飘地说"相思已是不曾闲"的年纪身份，众多哀苦，离别只是其中之一，可这其中之一又弥漫在众多哀苦之中，不可分解，不可消磨，人生有情泪沾臆，唯受之而已。

两地相思之人，忆昔时甜蜜共度，叹今时山川阻隔，而唯一能让人稍感安慰的，便是畅想来日相会了吧。李商隐写别诗"君问归期未有期，巴山夜雨涨秋池。何当共剪西窗烛，却话巴山夜雨时"，夜雨霖霖，窗外秋池涨满，此时离思细腻幽美，纵使归期不定，相会时的情景话题已是想好了，就说说今夜的雨，说说我在怎样的雨夜怎样地想你，夜雨涨秋池总归是浪漫的，连带归期不定都是浪漫的，而约定再见时共话此时情景，此中缠绵情意把离愁都冲淡了。张九龄的"不堪盈手赠，还寝梦佳期"，情人对月，相见无时，相思难遣，月光不盈手，更加不可远寄良人，那么还是眠去吧，或许梦中有相见佳期呢。

杜甫也不例外，在诗的最后寄托来日相见的愿望，"何时倚虚幌，双照泪痕干"。略有不同的是，杜甫畅想的相见，只写苦尽，未道甘来。相见之日，方见泪痕干，一方面，可见分别之日，常常怀想离恨别愁，涕泪满襟；另一方面，想必相见时喜极而泣，可是终是夫妻同处，明月照拂着夫妻双双拭干泪痕，喜悦无限，此时纵是明月不谙离恨苦，纵是贫贱夫妻百事哀，可夫妻相会儿女团圆，总胜过离愁萦怀。

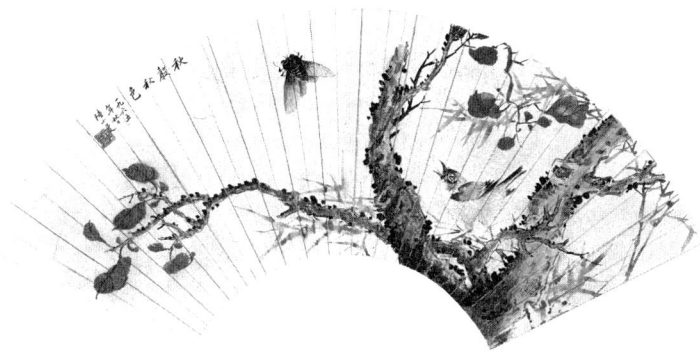

人间桑海朝朝变，莫遣佳期更后期
——岁月也无法侵蚀的最美容颜

一　片

李商隐

一片非烟隔九枝，蓬峦仙仗俨云旗。

天泉水暖龙吟细，露畹春多凤舞迟。

榆荚散来星斗转，桂花寻去月轮移。

人间桑海朝朝变，莫遣佳期更后期。

　　李商隐的心里，玉阳山便是仙境，他在那里遇见他的仙女宋华阳，谈了一场缠绵悱恻的爱情，并在当时和之后的岁月里衍生出无数的诗，无数的感时伤怀。因了这诗的美和朦胧，因了这美和朦胧的契合，在后世里被人们反复吟咏，用来装点他们的伤心和爱情。这首《一片》也不例外。

　　卿云烂兮，瑞气缦缦，道观里宛如仙境，仙之人兮列如麻，如此众多耳目，不便多言，徒劳心神摇漾，我有意难表，你举止疑迟，枉辜负了这宝光华堂。窗外斗转星移，美好的年华仿佛白驹过隙。人间的沧海桑田转瞬之间，亲爱的你啊，千万莫使佳期迟滞，白白错过大好年华，落得个枉自嗟叹。

李商隐写诗，从来不惮于花繁叶茂，他的诗花影压重门，一重重探过去，方可见一颗七窍玲珑心。这颗心在此时，要一份、及时的、年轻的、丰沛的爱情。世间有太多错过的爱情，有太多过早或过晚的相遇。在这份感情里，义山热烈而殷切，他时时怕着对方的迟疑，即便是最美的时刻，也要叮咛"莫遣佳期更后期"。

李商隐的这段恋情类似于办公室恋情，人繁眼杂，时时相见，却时时不便。所以"龙吟细""凤舞迟"，所以经常的"扇裁月魄羞难掩，车走雷声语未通"，长久的相见语迟疑，相别费闲猜，使他们的爱情更加像这仙境密林，云气氤氲，华美凄迷。一切被压抑的渴望都像被锻造的金子，他们的金子千锤百炼，在时光的幽径里，熠熠生辉。一方面，诸多的眉眼官司笔墨情意把感情提炼得浓稠缠绵，以致李义山多年之后还是斩不断、放不下、忘不了；另一方面，越是经历多了这种咫尺天涯，相对难言，越是体味到浮世本来多聚散，更加的患得患失。诗人总是难以明确对方心思，所以他写给宋华阳的诗总有着劝诫和微微的诱引。

作家史铁生对于爱情有个美妙的说法："有人说，世界上，每分每秒都有贝多芬的乐曲在奏响在回荡，如果真有外星人的话，他们会把这声音认作地球的标志（就像土星有一道美丽的环），据此来辨认我们居于其上的这颗星星。这是个浪漫的想象。何妨再浪漫些呢？若真有外星人，外星人爷爷必定会告诉外星人孙子，这声音不过是近二百年来才出现的，而比这声音古老得多的声音是'爱情'。爱情，几千年来人类以各种发音说着、唱着、赞美着和向往着，缠绵激荡片刻不息。因此，外星人爷爷必定会纠正外星人孙子：'爱情——这声音，才是银河系中那颗美丽星星的标志呢。'"

若按史铁生的说法，在贝多芬之前，这个古老的星球上缠绵激荡片刻不息的声音中，一定也有着李商隐这浓艳的一缕。有着那些朦胧的但是美妙的他对于华阳的劝诫和诱引。这行为像是诗经里的"琴瑟友之""钟鼓乐之""溯游从之"等等，美好而自然。李商隐遵从古老而甜蜜的本能，对宋华阳发出生命的邀约。这声音热烈迫切："人间桑海朝朝变，莫遣佳期更后期。"此般心境，唐代亦有诗人说"有花堪折直须折，莫待无花空折枝"，时不我待，我们对待自己爱的人，总是惧怕时间的流逝，惧怕眨眼间，一切便错过了。所以，来吧，莫要迟疑，请啜饮我这杯美酒。一如席慕蓉的《佳酿》：

要多少次春日的雨
多少次旷野的风
多少空芜的期盼与等待
才能幻化而出我今夜在灯下的面容

如果你欢喜　请饮我
一如月色吮饮着潮汐
我原是为你而准备的佳酿

请把我饮尽吧　我是那一杯
波涛微微起伏的海洋

紧密的封闭里才能满贮芳香
琥珀的光泽起因于一种
极深极久的埋藏
举杯的人啊为什么还要迟疑
你不可能无所察觉
请　请把我饮尽吧
我是你想要拥有的一切真实
想要寻求的一切幻象

我是你心中
从来没有停息过的那份渴望

青春是场盛宴，但是"节物风光不相待，桑田碧海须臾改"，不可挽回的光景驰西流，有人说，"诗酒趁年华"；有人说，"人生得意须尽欢，莫使金樽空对月"。也有一种人，他说"人间桑海朝朝变，莫遣佳期更后期"，浮生若梦，也许最大的礼遇便是有人邀你共度，有人渴望在最好的年华，遇见最好的你。很多很多年之后，一个作家说过"我行过许多地方的桥，看过许多次的云，喝过许多种类的酒，却只爱过一个正当最好年龄的人"。为了这种刚好的爱情，有人情愿付出一生，一面等待，一面感怀。

其实关于李商隐和宋华阳这段公案，在其多年后的诗中亦有提及，不过是另外一种角度。有人总结悟道的三种境界："老僧三十年前参禅时，见山是山，见水是水。到后来见山不是山，见水不是水。而今依前见山只是山，见水只是水。"这理论放在感情中亦如是，李义山早年对宋华阳当然是见山是山见水是水，可是被迫分散后，他的心中爱恨交织，百味掺杂，他时常把她比作偷窃灵药独自奔月的嫦娥（嫦娥应悔偷灵药，碧海青天夜夜心），他对她的怨在相当长时间使他"见山不是山，见水不是水"了，可这世间偏有长情如斯的人，多年之后李商隐仍然对宋华阳念念不忘，只是那时再写诗，已似云端望山，不入不迷。我们看看再次见山是山的李商隐是如何重提宋华阳的：

水天闲话旧事

月姊曾逢下彩蟾，倾城消息隔重帘。
已闻佩响知腰细，更辨弦声觉指纤。
暮雨自归山峭峭，秋河不动夜厌厌。
王昌且在墙东住，未必金堂得免嫌。

这首诗明显是写初遇时，想必那时梁鸿还没接了孟光案，文君也没听到相如的鸣琴弹，帘内佳人，帘外目灼灼耳侧侧个儿郎李义山。诗人貌似是一"听"倾心的。重帘之内，环佩叮咚。近乎孔子见南子有没有？"孔子入门，北面稽首。夫人自帷中再拜，环佩玉声璆然"，孔圣人尚白听人环佩声响，李义山听之心动当然就毫不意外了。诗人还听人家琴声判定弹琴的一定是纤纤玉手，明明白白的登徒子做派，不过雅人的登徒子做派仍不堕风雅。义山登徒子听完人家的琴音环佩音后独自归去，便如王子服遇婴宁，心神不属，厌厌懒倦。

茶饭不思后，诗人给自己找了个冠冕堂皇的理由："王昌且在墙东住，未必金堂得免嫌。"南朝乐府和唐诗中，常见"东家王昌"，想必是个风流绯闻美男，诗词中出现，作用如阮郎刘郎萧郎等。此时李郎说，反正比邻而居，未必免嫌。言下之意倒是索性一见的好。这便是多年之后，李商隐回忆当时玉阳山上相逢宋华阳的情景。想必是一见倾心，再见三见，无穷见也，才有了"画楼西畔桂堂东"。

听琴音鉴美女这事儿要说有些冒险，其概率相当于现如今你在某个妙语连珠的ID后面找到美女一样。不过义山是幸运的，宋华阳与其猜测的形象想必相差甚微，于是继续神魂颠倒，在神魂颠倒的间隙，还要殷殷嘱咐"人间桑海朝朝变，莫遣佳期更后期"。

宋华阳在李商隐的诗中，永恒美好，他不吝啬任何唯美的诗句将她捧在云端仙境，他用半生的诗记她，并在最后记她的诗中，留下她永恒年轻的面貌和他曾经给予她的热烈迸发的爱情。女人永远活在爱她的人的诗中，年轻，鲜活，美不胜收。或许，因为他的诗风，因为他惯不做分明语，她和她的爱情都是朦胧的，但是这朦胧里，有一个清晰的声音和愿望：

人间桑海朝朝变，莫遣佳期更后期！

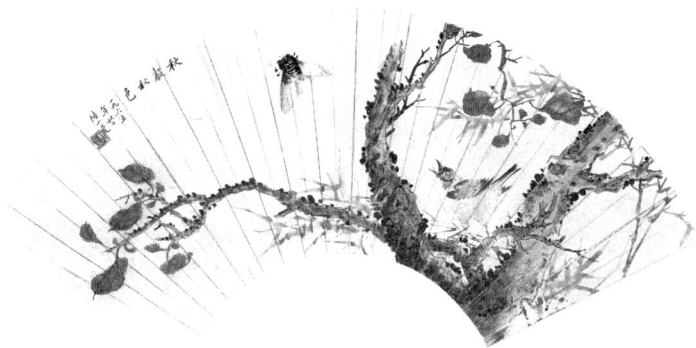

春心莫共花争发，一寸相思一寸灰
——情不知所起，一往而深

无题二首

李商隐

来是空言去绝踪，月斜楼上五更钟。
梦为远别啼难唤，书被催成墨未浓。
蜡照半笼金翡翠，麝熏微度绣芙蓉。
刘郎已恨蓬山远，更隔蓬山一万重。

飒飒东风细雨来，芙蓉塘外有轻雷。
金蟾啮锁烧香入，玉虎牵丝汲井回。
贾氏窥帘韩掾少，宓妃留枕魏王才。
春心莫共花争发，一寸相思一寸灰。

若问唐代送别诗中，谁写得最好，也许众说纷纭，没有唯一答案。但要问谁写得最隐晦难解，那一定是非李义山莫属了。义山的诗，足够美，引人猜测；又足够隐晦，让人无从索解。比如这两首《无题》。

他与女道士宋华阳的情事也是如此，影影绰绰，美如烟云，恍若雨雾。

李商隐离开宋华阳，或者宋华阳离开李商隐，谁离开谁不重要，重要的是，是谁一别之后，相思深重。我们看李商隐的无题诗，仿佛是他给自己画的一个圈，因了情丝难断，他近乎执着地画地为牢。里面满满是他的矛盾、愁楚、思念、追忆和点点的懊悔。

所以你看，两首无题诗，短短一百一十二个字，他便是纠结犹疑了几多。从思念到惆怅，从惆怅到恨别，从恨别到萌生希望，从萌生希望又到颓丧。凄楚寂寞，了无停歇，思念如钝刀子割人，百转千回地痛，直至衣带渐宽，为伊消得人憔悴。

五更时辰，玉兔渐坠，斜光到晓穿朱户，诗人别梦惊醒，现实凄离对照梦里依依，深知重逢皆是空言。草草赋书与伊，行笔仓促，字迹了了。别人写家书，怕说不尽，行人临发又开封。可是诗人自己，却怕言多，许是怕更添相思，也许是分别日久，相思尽，更可能是两厢无奈，说了也是平添烦恼。愁思千斛，高楼望断。

诗人高楼梦断，不由想象此刻伊人在做什么。李商隐是唯美主义的忠实信徒，是不是也因为，美可以指代，亦可以隐晦，诗里的恋人从来都高在云端，也遥在云端，相思迢递隔重城。看李商隐的诗，觉得他的恋人，纵不是虞妃弄玉，也是小玉双成。相思地是仙境，相思人是仙姿。"蜡照半笼金翡翠，麝熏微度绣芙蓉。"伊人亦是永夜难消，蜡泪麝熏，一派氤氲奢靡，或者在诗人心中，远在彼端的恋人，就是这样朦胧氤氲的，遥想而不可即，燃烛不寐，蜡烛有心还惜别，替人垂泪到天明。拥被而起，芙蓉映颊，可是有花不合欢，权为断肠草。晏几道说："真个别离难，不似相逢好。"诗人想着过去相会种种，思及如今情形，更是心中深恨，一唱三叹"刘郎已恨蓬山远，更隔蓬山一万重"。此诗若是寄去，华阳道姑对照"蓬山此去无多路，青鸟殷勤为探看"不知心中作何感想。离恨渐远渐无穷。李商隐的无奈竟似随着时间层层递进，离恨愈多，无奈愈多，一个宋华阳，诸般愁滋味。彩笔擅题断肠句，一份相思画不成啊！

　　无题二首连着读，就是一幕短剧，还是默片。无声的压力里，色彩斑斓的寂寞写满屏幕。思念之最雪上加霜者，莫过于别梦惊醒而清晨遇雨了吧。屈原《山鬼》云"风飒飒兮木萧萧，思公子兮徒离忧"，李商隐此处作"飒飒东风细雨来，芙蓉塘外有轻雷"。想是我思君处君思我，诗人愁肠百转，无个停歇。一忽儿深恨路远，相思阻隔，一忽儿这恨意又被细雨轻雷惊醒，难道真的便是从此永隔，没个回环余地了吗？可是烧香可入，牵丝可回，我们倒是未必这样无可奈何无计可施吧。想到此处，诗人微微燃起希望。忆起当初情分，当初伊人芳心相许，不是因为我有才年少吗？像是贾氏当初看上韩寿年少风流，宓妃留恋子建，因其才华横溢一样的啊。诗人想着，信心和勇气又多了一些。可是越是这样，越是给自己明媚的希望，离愁更是难以抑制。不由感叹"春心莫共花争发，一寸相思一寸灰"。

　　怕相思，乃为最相思。

　　李商隐之深情，山高水长，日月可鉴。一别后，他的许多诗都为宋华阳而作，他思念她"重衾幽梦他年断，别树羁雌昨夜惊"，他怨恨她"嫦娥应悔偷灵药，碧海青天夜夜心"，他劝诫她"不须浪作缑山意，湘瑟秦箫自有情"，他怜惜她"风波不信菱枝弱，月露谁教桂叶香"，他等待她"斑骓只系垂杨岸，何处西南待好风"。无数的日夜里，他思绪萦绕，樽前笑不成。他无数次地想为这爱情孤注一掷，可是他犹疑，他不确定，他说"若教春有意，惟遣一枝芳"。他怪"春物太昌昌"。他怕一片心虚抛掷，他不确定宋华阳是否也情深如许，是否情专如许，可他又躲不开忘不了。这样一春又一春，他思量着曾"是寂寥金烬暗"，他眼看着"断无消息石榴红"。很多很多年后，一个文人说："情不知所起，一往而深。"

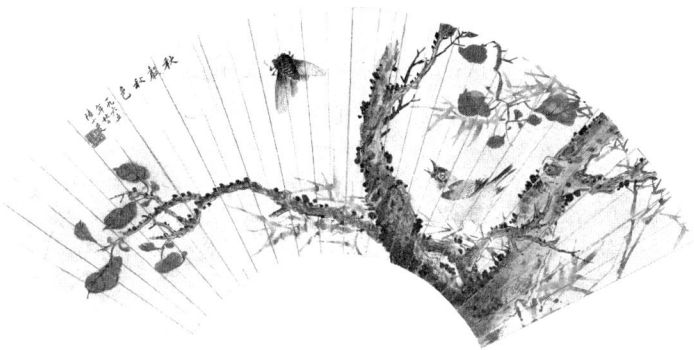

看朱成碧思纷纷，憔悴支离为忆君
——情人的眼泪

如意娘

武媚娘

看朱成碧思纷纷，憔悴支离为忆君。

不信比来常下泪，开箱验取石榴裙。

在中国古代，情人的眼泪是很珍贵美丽的事物，所以被赋予很多美好的称呼，比如珍珠、红泪、鲤泪等。唐诗中情人的眼泪也不少，像星星散落在长空里。这里攫取的是其中特别晶莹的一颗。因为它的感人至深，也因为它的作者特殊，还因为它的影响深远。

即使在人皆能诗的唐代，武则天也是身份复杂的。她当过皇后皇帝皇太后，她的故事写起来很长，浓墨重彩，一幕接一幕。到了中晚年，她为了争夺权力，先是害死自己亲生女儿、儿子，到了后来，媳妇、孙女、孙子也被她摧残。她站在高大的朝堂上时，脚下匍匐着的是不寒而栗的臣子，但是即使这个铁腕女人，年轻时也有过青春娇艳、旖旎动人的时光。

她出身功臣世家，十四岁被唐太宗李世民选为才人。虽然容貌娇艳，但并不太受宠，后来和太子高宗一见钟情，结下私情。唐太宗去世后，她依照遗诏被发配到感业寺当尼姑。而她的情人太子却登上皇位，左拥右抱，似乎早忘了她在感业寺独对青灯冷夜，消磨花月年华。这时的武则天已经二十岁了，又是先帝的嫔妃，她的将来一片渺茫不知向何处，又寂寞冷清，相思不已。应该说她和高宗之间确实是有爱情存在的，深深地相互吸引。

这时的武媚娘还是妙龄少女，每天站在窗前等她的情人来看她，接她回宫长相厮守。日子一天天过去，杳无音信，眼见春花开了又谢，而她等的人还迟迟不来。她痴痴地立在窗前，眼泪也慢慢滑下来。她的眼泪像树梢的白露一样，打湿了艳红的石榴裙。即使在这里，她也每天梳妆打扮，一丝不乱，穿上最心爱的石榴裙，因为万一哪天她朝思暮想的人就出现在眼前呢？只是这习惯在宫里柔软的地毯上舞成一朵花的石榴裙，在萧条冷落的庵院显得突兀。有一天，她又站在院子里，拿着笤帚扫落花，看到花片被风吹下来，原先一片红色的妖娆全部变成了冷寂的绿色，不禁悲从中来，痴立很久，回屋写下了一首思念情人的诗：《如意娘》。

如意娘

看朱成碧思纷纷，憔悴支离为忆君。

不信比来常下泪，开箱验取石榴裙。

　　"看朱成碧思纷纷"相思过度，以致魂不守舍，看到春色流逝，恍惚迷离。美好春光的流逝，眼见花红褪尽，枝头只剩下绿叶，而自己只身独处，花红叶绿不能相扶；红颜薄命，正如这妖娆春花，由昔日欢聚的幸福坠入今日冰冷的相思之苦。一句开头，跟情人诉说自己站在风中看春光流逝的难过和哀伤。

　　"朱""碧"两种反差极大的颜色，构成了强烈的感情的冷暖对照。眼前的一片寒冷碧绿触目伤怀，引起思虑万千。"憔悴支离为忆君"一句直抒胸臆。武媚娘在诗中对高宗说，我思念你到瘦弱不支和心力交瘁。一句之中，情调凄切，是寂寞，是深深的哀怨。

　　接下来笔锋一转，打破一二句的和弦，以全新的节奏和韵律再现诗的主题："不信比来长下泪，开箱验取石榴裙。"意思是：如果你不相信我近来因思念你而流泪，那就开箱看看我石榴裙上的斑斑泪痕吧！执着、决然、不掩饰、不造作的独特形象跃然纸上，李白的《长相思》写"不信妾断肠，归来看取明镜前"与此句构思相似。这两句是全诗的高潮，它丰富了诗歌的情绪构成。"不信"诉说着"断肠"的相思，也隐含着相思的无可奈何，相思的难以喻说。《如意娘》曲折有致，又真挚动人，是文学上的佳品，更是情书中的珍珠。它的文学魅力之大，即使唐代大诗人李白也对这首诗赞叹不已。据说李白的《长相思》一诗中有"昔日横波目，今成流泪泉。不信妾肠断，归来看取明镜前"之句，而他的夫人看了这首诗，对他说："君不闻武后诗乎？'不信比来常下泪，开箱验取石榴裙。'"李白听了后非常吃惊，简直惆怅。后来又有不少诗人，也学习她的写法，比如有"刿目鉥心、掐擢胃肾"之称的孟郊又写出了"试妾与君泪，两处滴池水。看取芙蓉花，今年为谁死"这样语出惊人的句子。但溯其本源，还是承袭了武则天的创意。从这首诗可以看出武则天是个聪慧无比的女子。

唐高宗迟迟没有到感业寺看望武则天，他的身边有高雅美丽的王皇后和天真娇媚的萧淑妃，白天又要应付朝堂里的许多事情。武则天便托人捎去了这首诗，唐高宗一见之下，触动前情，几乎潸然泪下，立即赶往感业寺看望情人。于是他们重续旧弦，情爱更笃。不久唐高宗把武则天接回宫里。从此，武则天一步一步走上权力的顶峰，最后成为中国少见的女皇帝，统治着强大的唐帝国。情人的眼泪是珍贵的，但这笺情人的眼泪则更影响深远，竟然改变了一个国家的命运。

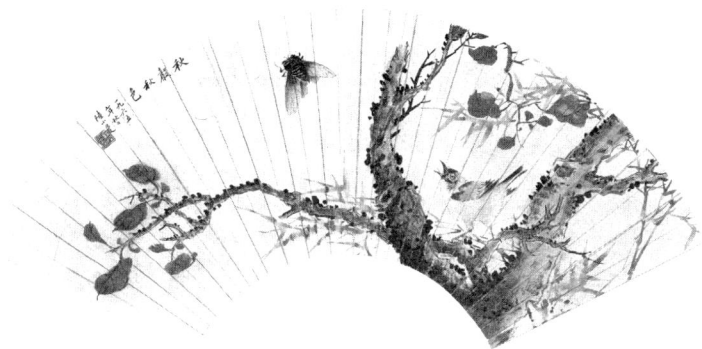

在天愿作比翼鸟，在地愿为连理枝
——千古的绝唱

长恨歌

白居易

在天愿作比翼鸟，在地愿为连理枝。

天长地久有时尽，此恨绵绵无绝期。

当霓裳羽衣从时代的浪尖滑落，一个王朝的颓势再也不可挽回。六军驻马，红颜凋落，自此，歌传长恨，词作霖铃，曲弹荔香，剧演长生，哀婉低回，千载不休。

时间回到开元二十二年（734），正是盛世的巅峰，轻歌曼舞，四海升平。这一年，武惠妃为爱子寿王李瑁择配，选中了能歌善舞的世家之女杨玉环。那个时候，温柔贤淑的武惠妃怎么也想不到，自己会在三年之后香消玉殒，而这个千挑万选的儿媳竟然成了自己的"接班人"。

武惠妃殁后，玄宗着实郁郁寡欢了一阵子。就连每年例行的临幸华清宫活动，都无法提起兴致。临幸华清宫相当于现在的温泉旅行，每年十月，宗室子弟、内外命妇、左右随从，浩浩荡荡奔赴骊山，在当时是十分盛大的活动。那一年是开元二十六年（738），在命运的安排下，五十四岁的玄宗在华清池的澹荡金波之畔邂逅了年方二十的杨玉环，一时之间，六宫粉黛，三千佳丽，全都黯然失色了。

美人出浴的风情，尤为旖旎，史载杨妃肌理细腻，骨肉亭匀，浴后更是显得娇弱不胜，连最轻柔的罗绮都成了累赘。在这个特定的时间、特定的地点，玄宗心里的恋慕之情油然而生，伦常与道义，尽抛九霄云外。

开元二十八年（740），玄宗一道《度寿王妃为女道士敕》，彻底断绝了杨玉环与李瑁的夫妻关系。出家后的玉环道号太真，由于道教讲究"修真"，所以道号中带有"真"字是比较常见的。然而就是这普普通通的两个字，日后竟成了不可替代的文学、美学符号之一。

次年，太真入宫，太液池畔，未央宫里，日日夜夜，长伴君王。

天宝四载（745），玄宗给儿子李瑁另觅亲事，然后终于名正言顺地册封杨玉环为贵妃。是时六宫正位虚悬，贵妃俨然便是实质上的皇后，连象征身份的衣着打扮，都比皇后差不了太多。

玉环的专宠事迹，在正史、野史、文学作品、民间传说中都有不同程度的记载，诸如舞霓裳羽衣、专设荔枝使等等，不一而足，其受宠程度由此可见一斑。从史料的记载来看，玉环的确有专宠的资本。她不仅拥有让狂妄的李太白都赞叹为"一枝红艳露凝香"的倾世容颜，更是多才多艺，令人折服。她能歌善舞，琵琶弹奏得出神入化，梨园子弟多承教诲，霓裳羽衣成就了一代传奇；她还能作诗文，《全唐诗》收有其《赠张云容舞》一首云：

> 罗袖动香香不已，红蕖袅袅秋烟里。
> 轻云岭上乍摇风，嫩柳池边初拂水。

写舞者姿态，婉转纤秾，譬喻贴切，格调工丽，可见其才华。

一人得道，鸡犬升天。杨家的兄弟姐妹就此发达，裂土封侯、出入禁闱，自不在话下。传闻玄宗有一次临幸华清宫，就以杨氏五家为扈从，每家一队，穿同一种颜色的衣服，五个队伍就结成了炫目的五彩之色，沿途掉落的首饰钗环，不可胜数。

烈火烹油的灿烂之后，便是灰烬余烟的悲哀。天宝十四载（755），安史之乱爆发，长安倾颓，玄宗出京避难，这一次仍以临幸为名，却是仓皇不堪。

马嵬坡，兵变处，君王掩面，红颜埋骨。时年，玉环仅三十八岁。

野史亦有传言，玉环未死，而是被玄宗派亲信护送东渡，到了日本。至今日本还有贵妃墓。是真是假，年代缥缈，不得而知，但是反映了我们希望留住美好的祈愿。玄宗的晚年就是在这种祈愿中度过的，他找来道士为玉环招魂，升天入地，无处可寻，于是有了海外仙山的美好愿景，有了七月七日长生殿的如真幻梦，也有了《长恨歌》，有了千古情话中最伟大的情话誓词——

> 七月七日长生殿，夜半无人私语时。
> 在天愿作比翼鸟，在地愿为连理枝。
> 天长地久有时尽，此恨绵绵无绝期。

　　玄宗与玉环，由翁媳以至伴侣，从道学家的眼光来看，是所谓的"聚麀"，即父子共牝，是令人咋舌的禽兽行为。然而从美学家与诗人的角度来说，撇开伦常之绊不谈，玄宗与玉环之间的关系，本身是生命极致之美的体现。于是白居易在《长恨歌》的开篇，淡化了令人争议的伦理背景，只说"杨家有女初长成""一朝选在君王侧"，这是一种非常聪明的处理方式，不仅可以消除世俗的不适感，还能够使诗歌的节奏更加紧凑。

　　《长恨歌》凡八百四十字，关于玉环死后玄宗的悔恨追忆等相关描述，占去大半篇幅，"长恨"之名，却符其实。开篇的百余字，信笔勾勒出玉环专宠的胜景，着墨并不很多，却字字铭心镂骨，所谓月满则亏，水满则溢，云中仙乐的繁华，天外宫阙的豪奢，皆为后来的长恨私语奠定了悲剧的基调。

　　白居易之诗向来以"老妪能解"著称，《长恨歌》中更是名句众多，朗朗上口。"三千宠爱在一身"是之，"可怜天下父母心"是之，"上穷碧落下黄泉"是之，"梨花一枝春带雨"是之，然而论及流传范围、感人程度、后世影响等因素，则没有一句能够跟"在天愿作比翼鸟，在地愿为连理枝"相比。即使是完全不知道《长恨歌》的人，也一定听说过这一句诗。因为这是一句誓言，一句历经生死，饱含血泪的誓言，颇有些"情不知所起，一往而深，生者可以死，死者可以生"的决绝。它道出了天下有情人的心声，能够使人最大限度上产生共鸣。虽然早在初唐时代，卢照邻就有"得成比目何辞死，愿做鸳鸯不羡仙"这样的名誓，知名度也未必比白诗差，但是《长安古意》的背后毕竟没有一个感人至深的故事作为依托，因此我们读起卢诗，总是觉得味道上有些欠缺。

后世咏唱玄宗玉环故事的诗歌很多，讽喻者有之，叹惋者有之，鄙夷者有之，冷眼旁观者有之。然而再无人像白居易一样，浓墨重彩地歌颂这一段悖于伦常的感情。于是，天长地久，此恨绵绵，这一"恨"，就"恨"出了千古绝唱。

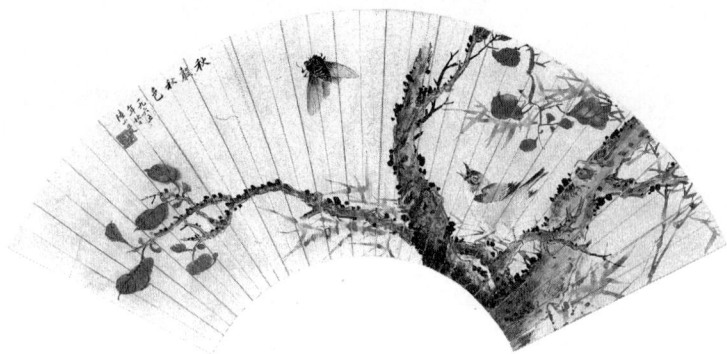

附：旗亭画壁

唐代诗歌中有许多著名建筑的身影，比如巍峨的大明宫，春来柳色迷人的曲江，诗人和秀士才子必登的大雁塔等，但有一座小小的旗亭，却跻身其中，留下了不朽的声名。因缘巧合，有一天，唐代最优秀的诗人中的三位聚集在这里了，古代人虔诚地认为，每一个文笔好诗文好的人都是天上的文曲星转世，落入人间的，那么这一天，在长安城外，直径不过几步长的旗亭里，三颗明亮的星星聚在了一起。唐诗的夜空真是瞬间星光璀璨，照亮了千古。

他们都出生在一个伟大的时代，唐开元年间，后世的史书称之为开元盛世。一个英明神武的皇帝，又热爱艺术，为大诗人李白亲自动手调羹，又让自己最心爱的美丽的妃子为诗人磨墨，这份国力的辉煌和对艺术的热爱，缔造了诗歌的帝国。帝国里的每个人都呼吸着诗歌的芬芳，从内心深处孕育着对诗歌的热爱与憧憬。行走在这个国家的土地上，尽管不是每个诗人都能如李白一般幸运，得到皇帝的分外尊敬，但无论到哪一个地方，胸中的才华，秀口吐出的诗歌，都会令他们在任何地方任何人群里得到犹如王者一般的欢迎和待遇。

这是诗歌的年代，这是多情的年代。一条小巷子的新绿柳树下，倚门含羞的小姑娘唱的是前日宫里刚流传出来的清平调三曲；热闹的市场上，砍柴的樵夫不叫卖，念的是；酒楼茶肆里，鬓边斜插新枝花蕾，身着石榴裙，反挽琵琶的歌女骄傲地一昂首："我会唱诗人的新曲，怎么是一般的歌女呢？"四下便肃然起敬。广袤的大唐国土上，四处漫游着诗人，他们走出家乡，爬上名山大川，拜访高僧古刹，留下不朽名篇和足迹；有时他们出现在塞外，长河落日，大漠远沙，一夜寒冰生甲；但他们最终都聚集到热闹的长安城，在这里，有他们的功名招手，有识才的帝王，至少有一样才华横溢的诗人和歌唱，还有善听的耳朵。于是长安的大小客栈里，栖落着这些远处飞来的会吟诵诗歌的鸟儿。

一个普通的冬日，微雪，太阳晕染得天地有点朦胧，一点冷，勾起了喝酒的情肠。三位诗人，王昌龄、高适、王之涣约了一起去喝酒。他们如何认识的，无从得知，只知道他们三位都是诗人中不走运的人——至少当时不走运。然而他们是天才，毋庸置疑，天才身上总有着才气的鲜明标签，彼此在人群中一眼把对方认出。于是三人经常聚在一起，一起写诗、喝酒，或许埋怨、感叹，在春夏秋冬的季节轮换里消磨诗情。一个长安城里的旗亭，是他们喜欢的好去处。旗亭始于汉代，被称为市楼，上面挂着旗帜，坐在上面喝酒，可以居高临下，俯瞰城景是赏酒作乐的好去处，平时酒客不断，常有歌伎在此清歌佐兴。此时早春薄雪，出来寻酒佐兴的人不少，一时间十分热闹。

三人围着一张桌子，几碟小菜，一壶残酒，薄雪寒上来，想到身世，逸飞的谈兴不免少了些，寥落起来。这时上来一群梨园伶官，衣着气派华丽，怀抱琵琶手挽碧箫，流水价摆开了乐器，点起沉香来，眼看是准备在这里开个宴乐。这等气派让三位穷酸诗人不免自惭形秽起来。又久有诗名，怕被人认出，便提了酒壶，端了饭菜躲到一边的小屋子去，围着炉火，边喝酒边听外面的宴乐。只听又一阵响动，上来了四位妙龄女郎，云鬟高耸，珠翠满头，华服广袖，桃花人面，行动袅娜，都是长安城里的名伎。一时间楼上环佩叮当，莺声燕语，让屋里的诗人们面面相觑，不禁沉住了声音。平时所见歌伎不少，但今日这四位确属上乘。眼见她们分了方位坐下，乐工调弦拨阮，知道她们准备唱曲了。

唐代的乐工喜欢把当时名气大的诗人的名篇谱上曲，然后让歌伎演唱。三位在这里喝酒的诗人，虽然眼下潦倒，但是在诗坛上诗名已如雷贯耳。可以说只要有唱曲的酒肆，都有他们的诗在吟唱，这也是一个诗歌的国度的全民审美决定的吧。王昌龄和高适几乎同龄，王之涣则比另外两人大了十几岁，三人之间的诗名却始终难分高下，王昌龄被誉为"七绝圣手"，更有一顶桂冠"诗家天子"，洋溢着当时人们对他的热爱；王之涣的诗名则从长安城的水滨传到了玉门关的柳色上；高参军的诗名与王维经常一起并驾，这些当时的诗坛之雄齐聚方寸之地，喝酒切磋之余，免不了想分个高低。只是他们的诗才都很卓绝，比诗只能一个比一个高明，分不出高低来。当下看到这四个女子准备开始唱曲，三人相视环顾，一起想起了个好主意。到底是王昌龄先说出来了："这几个歌伎看起来容貌不凡，气质也很好，我们在这里听她们唱曲，看我们谁的诗词被唱得最多，那谁就是我们当中最高明的诗人。"

说话间，把一壶酒搁到炉上去热。火光渐渐亮起来，在屋子的墙壁上一闪一闪，三人屏声静气，只听得厅中一位穿白衣的女子，扬起清脆的歌喉唱道："寒雨连江夜入吴，平明送客楚山孤。洛阳亲友如相问，一片冰心在玉壶。"这是王昌龄的《芙蓉楼送辛渐》，他的诗长处在音韵协调，如珠玉落盘，在这位女子清脆柔和的歌唱中，更有润泽晶莹的美。只听她一遍又一遍地唱着最末的一句，回环复沓："一片冰心在玉壶……"余音袅袅，反复不绝。声音落处，满场静寂，片刻之后，一片叫好声。沉浸在乐曲中的王昌龄也得意地抬起了头，露出儿童般的表情，用手在粉壁上画了一画，说："我一首绝句！"

他还没得意完，外面又一位歌伎开始唱歌了，这次是紫纱衣裙的女子，手执如意，别一番妩媚，她唱的是："开箧泪沾臆，见君前日书。夜台今寂寞，犹是子云居。"音调凄凉。这下子大胡子高适得意了，伸出手指，在粉壁上粗粗画了一道："一首绝句。"

第三位身着鹅黄衫裙，随着洞箫呜咽，唱起了："奉帚平明金殿开，且将团扇共徘徊。玉颜不及寒鸦色，犹带昭阳日影来。"王昌龄写的闺怨诗，《长信秋词》之三，咏汉代班婕妤的故事。班婕妤才貌双全，本自有宠，因为汉成帝宠信赵家姐妹，唯恐被害，自避长信宫，绮年玉貌，才华风情皆付青灯。诗中无限哀怨而不激愤，被称为宫怨诗中最出色的代表作。末句更是用了突兀的比喻"玉颜不及寒鸦色，犹带昭阳日影来"，把美丽的容颜居然认为比不过乌鸦的颜色来抒发自己的自怜自伤之情，令人在惊异之中更感到凄凉。这是王昌龄的得意之作之一，只见他沉浸在歌声里，而歌者也唱得分外婉转凄凉，一曲完毕，满场都要掉下泪来。王昌龄得意而缓慢地举起手指，又画了一道，说："两首绝句了。"胜利的桂冠看起来似乎要落在他头上了。

这时王之涣坐不住了，他气愤地捋着花白胡子，头努力地向前探说："这些唱歌的都是比较潦倒的乐官，只能唱一些'下里巴人'的歌曲，真正能欣赏我的阳春白雪的不是平常的人。我的歌曲，可不是平常的歌伎会唱的。"这样说着，他又看了看，指着四个歌伎当中最为美丽清纯的一位，身着石榴裙，犹自绾双鬟，发鬓黑鸦鸦，肤如凝脂，一双妙目如同碧潭清澈，站在一群人中，有鹤立鸡群之感。王之涣指着她说："我们来听听这位女子唱的是谁的诗词，她一定是唱我的诗。如果她唱的不是我的诗，那么我甘拜下风，再也不和你们争高低了。"王昌龄和高适都笑着捋须点头。

过了一会儿，这位最为殊丽的歌伎盈盈站起，伴奏的琵琶声如泣如诉，她转动妙目，轻摇檀板，樱桃小口一点绽破，果然唱起了《凉州词》。王之涣跳起来，对着两位说："怎么样？我说得没错吧，最美丽的女子一定会唱我的诗。"

乐曲悠扬，一唱三叹，唱完满堂余音。歌者停下来时，三人不禁相对拊掌，哈哈大笑起来。豪爽的笑声越过墙壁，惊动了歌者，她们拥上来询问原因。明白原因后，知道眼前是当今最著名的诗人，纷纷下拜。接着就围着三位诗人，吹拉弹唱，清歌美酒，好不热闹。在他们彼此的人生中，留下了普通而美好的一天；在中国文学的历史上，留下了最浪漫的一天。